别人家

타인의 집

〔韩〕**孙元平** 著　陈冰冰 郝君峰 译

南海出版公司

新经典文化股份有限公司
www.readinglife.com
出　品

目录

四月的雪

天气有点奇怪，感觉马上要下一场大雪。我们在咖啡厅里坐着，因为妻子说："如果在家里聊的话，肯定要疯掉。"为了跟妻子去旅行，我现在还是休假状态，尽管我们最终哪里也没去，假期也不剩几天了。

服务员们时不时地偷看我们一眼，然后开始窃窃私语。我们之间的话不多，在家里是这样，在外面也是如此。我最后说了一句"那就这样办吧"，妻子轻轻地点了点头。就这样，我们做出了最终的决定，结束五年的婚姻生活。时间比想象的要久得多，外面的雨已经变成了雪。我们匆忙赶回家，发现玛丽正坐在门口等着。玛丽比照片上看起来个头要大一些，年纪也大一些。“你们好！”她用生硬的发音跟我们打招呼，笑容满面。深深的皱纹出现在她的脸上，雨水和汗水瞬间填满了每一条沟壑。

在爱彼迎平台上面向旅行者们发帖子已经是几个月之前的事了。那时候觉得，跟世界各地的人交朋友，邀请他们来我们家小住，或者我们去他们家拜访，就像旅行一样，即使只是短暂的一段时间也很不错。妻子曾这样说过：

“我们在家坐着，就能环游世界了！”

所以我们拍了几张屋里屋外的照片传到平台上。

> 位于首尔市中心的整洁公寓，距离地铁站七分钟的路程。
> 每天提供干净的毛巾和精致的韩式早餐，
> 竭诚为您的首尔之旅提供帮助。
> 欢迎您来韩国！

反响出乎意料地热烈。世界各地的人都有留言，来自中国和日本的咨询最多，东南亚和欧洲、拉丁美洲和中东，甚至连非洲的旅行者也联系过我们家。从某种意义上来说，这真是一件难以置信的事情。妻子每天都在确认信息和邮件，像电台主播一样读着各国旅行者的简介。这些事情好像让她忘记了脑子里其他的想法。那段时间我们的关系很好，也曾一起勾画过新的未来。

玛丽·克劳斯

五十三岁，女，居住在芬兰罗瓦涅米

对韩国很感兴趣

期待一次愉快的旅行

玛丽的自我介绍很普通。照片中的玛丽是一个典型的金发碧眼的北欧女性。妻子感兴趣的是玛丽住在芬兰，而且是罗瓦涅米。

“从芬兰那样的地方来韩国，还真是神奇。而且是罗瓦涅米，那儿不是以圣诞村闻名嘛。从那里来首尔的话，会不会觉得很无聊呢？”

“也许那里的人觉得那儿的生活更无聊。”

我说起几年前一个电视访谈节目中的芬兰女嘉宾，她对韩国有着深入的了解。芬兰也有一些对韩国感兴趣的人。妻子知道玛丽想要独自旅行，便说道：“我也希望自己五十来岁的时候能有独自旅行的勇气，去圣诞村那样的地方。”

“去这个叫玛丽的女人家就可以啊，虽然那时候她应该已经七十多岁了。”

我们给玛丽回了信，同意了她的请求——一月中旬住一周左右。在她到访之前，我和妻子列出了要和玛丽分享的话题。想来想去，我们对芬兰的了解只有木糖醇口香糖和芬兰浴之类。

但是，我们一月并没有见到玛丽。预定出发的当天，玛丽突然发来了一封简短的电子邮件，说因为个人原因取消了旅行，很抱歉。我们前一天刚做了大扫除，买了很多菜。确认邮件的时候，妻子正在切泡菜，准备给玛丽做第一道韩国料理——泡菜炒饭。真让人郁闷。妻子停下了手里的刀。那天的晚饭是用本来要做成炒饭的泡菜做的汤。切碎的泡菜和辣乎乎的汤，一点儿也不好吃。

我本来想指责玛丽这种不礼貌的行为，以及给我们带来的麻烦，但是用外语发火很难。最后辛苦写完的邮件内容是：很遗憾您没能到访，如果下次来韩国的话，可以随时来我们家。改了好几遍，最后还是充满友善的语气。我想，无所谓了，就发一封虚情假意的邮件吧。

这件事以后，依然会有世界各地粉丝们的来信，想到我们家小住。但我们夫妻之间的关系再次急剧恶化，不久后，妻子就删除了平台上的帖子。

玛丽再一次联系我们，是在她到来的前两天。真是出人意料，因为帖子已经撤了很久，之后我们跟玛丽也再没有过交流。玛丽发来了一封邮件，说后天星期一会到达韩国，不用去机场接她，她自己过来就可以，还附上了一个微笑的表情。对于玛丽一再反复的单方面通知，我和妻子都瞠目结舌。但是再次确认了我发的邮件后，我勉强同意了，如果是真没有眼力见儿的人，也可能把“随时来我们家”这句话当真。就和银行职员说“有问题请随时联系”，然后有人凌晨三点跑到他家门口询问“未结算账单是什么意思”，是一样的道理。不管怎样，说出的话就要负责。玛丽预计到达的时间是晚上。我和妻子只打算让玛丽待一个晚上，然后跟她说，虽然很抱歉，但联系得太突然，而且我们也有各种情况，还是另找住处比较好。尽管如此，直到最后一刻，我们都没想过她会“真的”出现。

妻子把玛丽领进房间时，我瞅准时机想把准备好的台词说出来。但时间太晚了，我们也对于让玛丽在外面等了将近两小时感到愧疚。而且，就在三十分钟前在咖啡厅做出的决定，也让我们备感疲惫。

“明天边吃早饭边说吧。说要提供韩式早餐，那就准备一顿吧。”

“因为这个人，要重新准备早餐？”

“有做好的咖喱，虽然不是韩式的。不过，明天还是你来跟她谈让她出去住的事吧。”

用英语向玛丽介绍了房间的构造和洗手间的位置，并给她递了条毛巾，我们像是在说毫不相干的事情一样，泰然自若地对话。

我们分房睡已经很久了。但是，那天晚上决定睡在同一张床上。只是为了避免不必要的麻烦，反正她住一晚上就走了，没必要让她看到我们分房睡的样子，还得忍受她好奇的眼神。

黑暗中，我们许久未有地感受着彼此后背的温度，望着不同的方向。妻子一直在均匀地深呼吸，但我知道她不会那么容易入睡。就像往常一样，我先闭上了眼睛。

第二天早上，我被门外传来的英语对话吵醒了，还闻到了淡淡的咖喱味。

“韩国咖喱真好吃啊。”

“不是因为韩国咖喱好吃，因为是我做的才好吃。”

接着传来妻子嘿嘿的笑声。这笑声已经好久没听到了。我走出房间。

“您起来了，快来一起吃吧。”

看见我，玛丽就像迎接自家的客人一样热情。我看看妻子，妻子没办法只能尴尬地搭话：

“对，你也一起吃吧。”

吃早饭的时候，我打算先轻描淡写地指责一下今年一月的事情，然后以此为借口，理直气壮地向玛丽提出另找住处的要求。我本来想用追究的语气质问“再怎么样，也不能突然取消啊？”，然而从嘴里蹦出的英语竟变成了“一月您没来”这样一个简短的陈述句。而且，玛丽把这句话理解成了“我们都等着，您怎么没来呢？”。

“那个时候就是有点忙，抱歉啊。”

饭后简单吃了个苹果，玛丽再次夸赞妻子的厨艺，说咖喱很好吃。虽然准备的只有几块腌黄瓜和放了两天的咖喱，但妻子红着脸，对这夸赞并不讨厌的样子。而我因为玛丽坦率而又朴实的态度，很难找到机会去纠正刚才的误会。

“再怎么说，四天三夜的时间也太短了吧？刚开始不是说要旅行一周的嘛。”

听到玛丽说只住几天，我便这样问道。

“就剩这几天了，我把假期都用完了，用到别的地方了。”

玛丽说完“别的地方”后，轻轻吐了口气，慢慢地补充一句：

“但还是很想过来。”

妻子削水果的时候，玛丽打开一张小的首尔导游图，用手指画着路线图，并介绍了自己的旅行计划。

“今天我准备先去北村韩屋村，然后我想去逛有名的明洞，去南大门市场吃炒年糕。再借一身韩服，穿着它在景福宫和昌德宫逛一逛。在首尔市中心有那么多古老的宫殿，既神奇又让人期待。晚上我打算在大学路看一场演出。听说林荫道和江南区也很有名，但好像和我的喜好不相符，所以没必要非得去看看。我想明天要不就从德寿宫开始逛，经过首尔广场，一直往前走，穿过钟路，到仁寺洞买些纪念品。然后原路返回，沿着清溪川散步。虽然是忙碌的一天，但这条路线我很喜欢，因为走着就可以完成。傍晚的时候再去弘大喝一杯米酒。然后在最后一天，也就是后天，我想去看 Diminuendo 的演出。”

“Diminuendo? ”

妻子惊讶地问道，玛丽的脸上却露出了开心的表情。

“我其实就是为了看 Diminuendo 的演出来韩国的。虽然完全不会说韩语，但是几乎把歌词都背下来了。”

Diminuendo 是由五名成员组成的男子偶像组合。听说他们在美国和欧洲很受欢迎，但没想到竟然能把芬兰一位五十多岁的女子吸引到韩国。玛丽说自己是组合队长休的粉丝，还简短地模仿了他们的舞蹈动作。这时，妻子端来了水果，坐到我旁边。

“怎么办？错过了讲话的时机。”

我笑着说，一副泰然自若的表情。

“是啊，听她说话不像是个坏人。”

妻子用叉子叉上一块苹果递给玛丽。玛丽听不懂我们说话，她接过苹果，用不标准的发音说了声“谢谢”。她知道的韩语好像就只有“你好”和“谢谢”。

“你是想让她住在这里吗？”

“也就三天，会有什么大问题？都已经过了一天，就剩两个晚上了嘛，而且她从那么远的地方来。”

我礼貌地向玛丽递过去草莓盘，好像刚才的话是在请她吃草莓。

玛丽出门后，房间里又安静下来。想起昨天和妻子说的话，不管时间长短，玛丽要住在家里这个事实开始让人感到沉重。我考虑了一下离婚时一些必要的步骤：整理文件，通知家人，处理房子和家具……即使做完这些事情，所有的一切都结束了，我的心也丝毫不会轻松。与心情复杂的我不同，妻子带着一脸兴奋的表情，匆忙穿好了衣服。

“去哪儿？”

“去买菜啊，家里一点儿吃的都没了。”

像是我明知故问一样，她的回答中带着责备。妻子通常是在网上买东西，偶尔去超市也是我的事。真是太阳从西边出来了，妻子要出去买东西。虽然她反复说不用我去，但我还是坚持同行。不知道在超市会碰到什么事，我不希望妻子遇到危险。

从昨天就开始下的雪正慢慢地堆积起来。感觉再过一会儿，就能听到脚下咯吱咯吱的声音了。我们没有谈任何感想，默默地走着。四月下雪虽然很罕见，但是近几年春雪也下了很多次，倒也不是什么令人惊讶的事情。

超市里很冷清，没有发生让人担心的事。就像刚交往不久的恋人一样，在微妙的紧张气氛中，我们努力彬彬有礼地对待对方。我悄悄地把妻子的手推车拉到我这边，让她腾出手来。妻子为做什么菜而苦恼，我依次推荐了海带汤、大酱汤、烤青花鱼，但妻子扔到购物车上的是一袋鸡肉。

“决定了，要炖鸡。”

说完，妻子轻轻伸了伸舌头，好像是对无视我的意见表示歉意，然后扬起下巴走在前面。

快到收银台的时候，不知从哪里传来了Diminuendo的新歌。单调重复的旋律和快节奏的鼓点像噪音一样刺耳，歌词一句也听不懂。我随心所欲地换着词唱，模仿早上玛丽在餐桌前表演的滑稽动作，妻子扑哧一声笑了出来。

妻子炖的鸡很成功。玛丽不停地感叹，询问具体的做法，气氛变得融洽起来。玛丽给我们看了白天拍的照片，以积雪的宫殿为背景的照片非常漂亮。还有一些不知道为什么要拍的照片——饮料自动售货机和乐天利招牌，以及公寓前一些非常土气的建筑之类，都是些很常见的东西。反正，照片里的风景都是雪，完全看不出是四月。

“芬兰四月也下雪吗？”

听到妻子的提问，玛丽点了点头。

“到处都是雪，尤其是我住的地方，一年中有一半以上都被雪覆盖着。”

一谈到罗瓦涅米，妻子的眼睛就亮了。

“您应该去过圣诞村吧？”

“什么去过呀，我就在那里工作。”

“真的吗？”

“虽然人口不到四万人，但是每年都有超过一百万的游客到访。来自世界各地的游客络绎不绝。无论什么时候都可以看到圣诞老人，如果愿意的话，也可以骑驯鹿。我在纪念品店工作，那里卖一切跟圣诞节有关的东西。有时我也扮演圣诞老人的妻子。当然，因为是轮班，圣诞老人还有另外几位妻子。其实圣诞老人是个花花公子。但如果你给圣诞老人写信，我保证你百分之百能收到回信。因为圣诞老人有十几个秘书，他们把世界各国寄来的珍贵信件仔细分类，并转交给圣诞老人。”

“真想去看看！”

妻子像小孩子一样喊道。玛丽则像圣诞村的导游一样，微笑着说：

“什么时候来都行。圣诞村三百六十五天都开放。真的是一个一年到头都在过圣诞节的地方！”

这是一个非常愉快的晚上。玛丽没有向我们提及私人问题，我们也没有对她一一追问。她有一种恬淡的气质，让人很舒服，我们之间的谈话非常轻松。谈话的主题不出所料，主要围绕跟韩国和芬兰相关的东西，也就是木糖醇、芬兰浴、泡菜和狗肉之类。

睡觉前，妻子喋喋不休地反复回味着和玛丽的谈话，还说到玛丽独特的口音、丰满的臀部、下巴长出的汗毛，然后神秘地咯咯笑起来。每句话的结尾都像歌曲的副歌一样反复说着“好像是个好人”，像是为了强调并不是在说她坏话。总之，妻子长时间地谈论某个人，意味着她对那个人有好感。妻子的话变多了，这是个好兆头。所以我认真地倾听着，并在适当的时候附和一下。

“让她住在我们家，看来是对的。”

最后，妻子用困倦的声音下了结论。

“幸好你这么想。”

我伸手在妻子的手背上拍了几下。

早上，我被妻子和玛丽叽叽喳喳的说话声和开门关门的声音惊醒，然后又迷迷糊糊睡着了。起床后发现家里一个人也没有，餐桌上放着妻子留下的纸条。妻子有时候喜欢这样留言。

我带玛丽出去逛首尔了。
本来想叫你一起去，看你睡得那么香，就没叫醒你。
晚上我们打算在弘大喝酒，
想一起的话就过来吧。

文字的末尾画着一个大大的微笑。我注视了半天那个能令人联想起海鸥的微笑。这种明朗的感觉让人既高兴又担忧。玛丽会不会乱说乱问？街上会不会有什么风景刺激到妻子？我掩饰着内心的不安，给妻子发了信息。

你们好好玩吧。有事就联系我。

一打开电视就是新闻，全都是有关四月暴雪的报道。播报员和记者们不停地聒噪，什么樱花还没开就冻坏了、交通一片混乱、道路结冰导致事故频发等等一系列大雪造成的混乱局面。掀开窗帘，窗外的积雪足足有十多厘米，一片雪白的景象。窗外的世界安静而又平和，跟新闻里的嘈杂形成鲜明对比。妻子用手机发来了几张和玛丽的合照。妻子滑稽的表情和用手比画的V字，就像是跟玛丽一起从芬兰来首尔旅行的游客那样。

我走到外面人迹罕至的街上。雪下得很大，挡住了视线。每一个角落，只要有缝隙的地方，都落满了雪。所有熟悉的景象都变成了另外一种模样，一切都显得很特别。路边的公用电话旁停着一辆摩托车，我站在前面拍照，感觉自己也像是一个独自来到异国的游客。在无人走过的洁白道路上，我一边用手机拍下自己的脚印一边向前走。回头看时，远处留下的印迹已经变得模糊。不知怎的有种既神秘又惆怅的感觉。

晚上，我们在弘大见面。我们走进了一个传统酒馆，里面用伽倻琴演奏着圣诞颂歌，大家脸上都洋溢着兴奋的表情，像在平安夜一样。

我们吃着橡子凉粉和葱饼，一边聊天，一边频频举杯。玛丽的脸红扑扑的，她抿了一口酒，突然提了个问题。

“你们俩是怎么认识的？”

玛丽还是第一次问这种私人问题。我们犹豫了一下，看了看对方的眼色，不知道谁来回答。最后还是由我先开口。为了找到恰当的词语和表达方式，我费尽了心思，每句话都结结巴巴的，不过内容大概是这样的：

“那是个雨季。那天雨下得很大。在地铁里，她坐在我对面。头发很短，穿着天蓝色T恤和白色短裤，运动鞋的鞋带散开着。虽然看起来像个男孩，但我觉得她很漂亮。我想跟她搭话，所以紧盯着她看，但过了几站她都没向我这边看一眼。后来，我一走神她就不见了。她坐过的地方放着一把伞，就像灰姑娘的玻璃鞋一样。我本来可以把它交给失物招领处，但我故意没那么做。从那以后，每当下雨天，我就拿着那把伞坐地铁，期待着有一天能够再相遇。”

妻子突然接过话头。

“那天我都被雨淋透了。真的是下了一场倾盆大雨。丢了雨伞好可惜啊。那是我自己画的第一把伞，是世界上独一无二的。但又能怎么办呢，只能努力去忘掉。后来，时间一天天过去，转眼到了冬天，一个像今天一样大雪纷飞的日子。我去家附近的超市买鸡蛋，从超市里走出来一个男人，手里拿着的正是我的伞。可我明明把雨伞丢在地铁里了。后来才知道，原来我们住得非常近。那时我追上去，抓住那个人的袖子说，‘喂，这好像是我的雨伞。’然后他调皮地笑着回答，‘那怎么办呢？我现在可不想被雪打湿啊。’没办法，我只能问，‘那要一起打伞吗？’不知为什么，对他有种很熟悉的感觉，就像事先约好要见面一样。就这样，我们一起打着伞，走在雪地里。第二天，我们就成了恋人。”

“两年后我们结婚了。”

我又补充一句。

“还有，几年后又这样遇见了我。”

说完，玛丽呆呆地看了我们一会儿，接着说：

“我在纪念品店工作，每天都会看到无数的恋人和夫妇。告诉你们一个秘密吧。虽然大家看起来都很开心，但我能知道他们是否真的幸福，是否彼此相爱。”

“就像圣诞老人一眼就能看出来是好孩子还是坏孩子吗？”

我问道。

“是的。而且，我可以很自信地说，你们真的很爱彼此。”

我们摇摇晃晃地走回家。风越来越大，快速落下的雪就像一段重复播放的影像，仿佛无休无止。年轻人穿着薄春装，套着厚外套，在外面打着雪仗，尽情地享受着这奇特的季节。

我想起了几年前去巴厘岛的旅行，那次的旅行都是愉快的回忆。我们享受美食，在街上散步，在带泳池的别墅里游泳，喝热带水果做成的鸡尾酒。人们都以为我们是新婚夫妇，我们也没有刻意否认。因为一切似乎都回到了最初。

巴厘岛的自然风光很美。树上繁茂的叶子像累累的果实。五颜六色的美丽花朵随处可见。就连破旧的房子前，人们祭祀神灵用的祭坛也是用鲜花装饰的。据说，在他们国家，鲜花比比皆是。我问导游，巴厘岛的花儿什么时候凋谢。导游摇了摇头，好像我问了一个很奇怪的问题。

“巴厘岛花开四季。”

妻子觉得很神奇，问，是真的吗？导游想了一下，这样回答道：

“下雨的时候花也会凋落，但是雨一停，很快又会重新绽放。所以，就等于一直开着。”

我想我们之间就像暂时遇到的下雨天。花儿会再次绽放，巴厘岛那样无忧无虑的日子也会再来。现在，我觉得一切都会好起来，这是种久违的感觉。

躺在床上，我在妻子的耳边这样讲述着。妻子低声细语，“是因为下雪吗？”我抚摸着妻子的头发，她没有抗拒。

我早上睁开眼睛的时候，家里静得出奇。这种安静让人心情不爽，无比孤寂。一种奇怪的预感突然袭来，我想该来的还是来了，所有的一切都结束了。妻子或是永远地离开了，或是死去了。即使蹦出这种想法，也没有让我太过惊慌。很可怕，却又有种轻松的感觉。

我打开房门，发现我的预感是错误的。妻子安然地在客厅里坐着，铺着一块大黑布，做着针线活儿。

“玛丽一早就出去了。虽然演出是晚上七点开始，但她说要从凌晨开始排队。”

妻子没有看我，像是在喃喃自语。

我没有回答，而是走到妻子身边，低头看着她。五颜六色的线球凌乱地在布上滚动着，像泼洒的水，又像毫无意义的涂鸦。妻子无奈地把针插到布上，然后又拔出来。

“出去走走吗？”

为了转移妻子的注意力，我提议道。

“好吧，出去吹吹风呗。”

她居然爽快地答应了。

曾经有一段时间，妻子在工坊做各种手工艺品和布艺。把可爱的长颈鹿或狮子之类的绣在布上，然后做成包出售。或是在大大的地毯上精心地绣上星座或世界地图。没有耐心或手艺是很难做到的，但是妻子总能把那些不起眼的布条做成漂亮的作品。我喜欢妻子紧闭着嘴巴细心缝制的样子。那模样宁静而又平和，有种岁月静好的感觉。

但不知从何时起，妻子变得很奇怪。经常被针扎，手指上血流不止，线也不能准确地落在图案上。即便如此，妻子也没有停下来，而是更加拼命地缝制，就像被诅咒的阿拉克涅[①]一样，不分昼夜，漫无目的地做着针线活儿。但越是这样，布上绣出的图案越是达不到想要的效果。妻子说它们都是有意义的，却又说不出自己想要表达什么。渐渐地，妻子做针线活的样子开始让我感到不安，甚至感到害怕，有种让人窒息的恐惧感。

雪终于停下来了。似乎静止的世界正在一点点地苏醒。不知从何处吹来一股带着淡淡花香的风。妻子把头转向风吹来的方向。

“下雪的时候很美。”

我们出去吃完饭，在附近的影院看了一部正在火爆上映的喜剧片。看电影的时候，我瞟了妻子几眼。她不停地把爆米花塞到嘴里，嘴巴嚅动着，还时不时地放声大笑。我握住了妻子

---

① 罗马文学中擅长刺绣的少女。（如无特殊说明，本书注释皆为译注）

的手。直到电影结束，我们的手都没松开。

出来的时候，天已经黑了。雪正在迅速地融化。街道已经露出了一大半，看着有些杂乱，分不清哪儿是哪儿。

“玛丽现在应该在看演出吧。”

我说完之后，我们就沉默了。路边竖着一间公用电话亭，混着灰尘的脏水从破碎的玻璃窗上流下，留下了黑乎乎的污迹。电话亭前停着一辆旧摩托车。一个穿着黑夹克的男人一条腿踩在摩托车踏板上，吧嗒吧嗒地抽着烟。这是几天前我拍照的地方。我许久才意识到这一点，有种难以形容的感觉。

妻子突然停下了脚步。她的目光投向一个从我们面前走过的女人。女人慢慢地向前走着，穿着蓝色连衣裙和象牙色开衫，一只手放在像气球一样鼓鼓的肚子上，另一只手被一个看着像女儿的小女孩抓着。女孩儿看起来有三四岁，穿着一双带粉色蝴蝶结的皮鞋，蹦蹦跳跳的，冲着步履蹒跚的妈妈发脾气，想让她走得快一些。

我跟妻子说了几句话，具体是什么记不清了。是关于雪，还是摩托车，又或是公用电话亭。其实说了什么也不重要。反正我自言自语了半天，妻子也不理会。

一回到家，妻子就开始默默地准备晚饭。但是刚坐到饭桌边，妻子却说不吃了，在客厅里把布摊开坐下，静静地做起了针线活儿。整个屋子里只有我咀嚼着生硬的饭粒的声音。

一直到深夜，妻子还在继续做她的针线。过了午夜，我最终还是忍不住向妻子表示了不满。

“你要一直弄到什么时候？得吃饭吧。”

“吃饭？”

妻子撇了撇嘴，反问道：

“为什么要吃饭？”

“你从午饭后什么都没吃。一直这样的话，对身体不好。”

“呵……”

她叹了口气。

“身体？对，我的身体。”

妻子停下手里的针线看着我，眼神中充满了强烈的嘲讽。我意识到自己犯了错误，但妻子已经开始旧事重提。

“说说你都对我的身体做了什么？”

“别说了”，这句话在我嘴边打转，但还是没说出口。我知道，反正说了也没用。

“我一直说不想去做什么检查。”

妻子打开话匣子，像是在讲有趣的故事一样。

“孩子是否正常，对我来说并不重要。但是你的想法不同，最终我只能按照你的意思去做羊膜穿刺。医生说他会用超声波看着孩子，不用担心。但是，当那根巨大的针扎进肚子的时候，我看到了孩子在发抖。是真的。孩子就像被吓到了一样，瞬间挣扎了一下。”

妻子明朗的表情消失了，嘴角露出一丝寒意。她瞪着眼睛看着我，加快了语速，滔滔不绝地讲述着。羊水从晚上开始哗哗地流出来的场景，那些曾发生的事情，那些不堪回首的记忆，在猝不及防的一瞬间，通过妻子的嘴巴不停地说出来，一一浮现在我眼前。

“你知道之后发生了什么吗？我的孩子出生了。你和我的孩子，我们已经死去的孩子。那是九个小时的阵痛啊！”

妻子屏住急促的呼吸，浑身发抖。我耳边不停地传来女人们哭喊的声音，还有刚出生的孩子们的哭声。妻子胀奶了，在衣服上留下了圆圆的印迹。在这期间，出血一直没有停止。

妻子笑了起来。

“我再次进入手术室的时候，你那固执的检查结果出来了。”

“别说了。”

我无力地喃喃自语。也许什么也没说，只是在心里反复念叨而已。妻子像是在报复，微笑着继续说下去。

“然后，然后，我的身体又怎样了呢？你让我吃饭，说对身体不好，我的身体……”

“我只是希望我们能幸福。”

我低声地说着。

幸福。妻子喃喃念着那个词。

“我倒是宁愿我们从一开始就不幸。”

这些话，我已经听过无数次了。在过去的几年里，一字不落地重复着，有时每天都在重复着。我曾努力地去做我能做的一切。我们接受了心理治疗，一起去医院，也搬了家。甚至把家搬到公司附近，尽量在家多做一些事情。有时候妻子似乎好了些。那样的时候，我们之间好像什么事都没发生过，关系非常好。但事实上，那些瞬间让我更害怕。因为我知道，很快一切都会回到原点，妻子又会憎恨我。

妻子很容易受到小事的刺激，时不时地翻脸。无论自己多么痛苦，我却从来不表现出来。妻子诅咒、嘲笑这样的我。如果厌倦了，她就会习惯性地要求离婚。我曾经说过绝不可以离婚，但不知从何时开始，我同意了，轻易地脱口而出："好吧，就这么办吧。"因为她也知道这是空话，知道反正我们是分不开的。我们只是永远重复着同样的噩梦。

妻子哭了起来。她叫喊着，像野兽般怒吼着，撕扯着自己的身体。我默默地站在那里，就像看不见也听不见一样。最后终于无法忍受的时候，我推开门，跳下台阶，然后看到玛丽站在台阶上，像冻僵了似的。

"我会去别的地方睡，行李可以以后再拿，反正我自己看着办就是了。"

玛丽慌慌张张地说。

"对不起，我……"

我从嗓子眼里吃力地挤出声音，无力又沙哑。

"没关系，因为我一点儿都听不懂。真的。我什么都听不懂，所以没关系的。"

我意识到玛丽的辩解中包含着安慰。那一刻，我捂着脸，无奈地抽泣起来。

虽然我拼命忍着，但声音还是一个劲儿往外冒。大家都知道我们的事，住在这里的邻居们、超市的店员，还有咖啡厅的服务员。

玛丽非常娴熟地把我带出去。而我像个孩子一样，对她充满依赖。我们走了一会儿，在小区门口的长凳上坐下来。她沉默不语，直到我颤抖的身体慢慢恢复平静。

“演出有意思吗？”

凉飕飕的空气使身体渐渐冷却，我开口问道。玛丽睁大了眼睛，好像已经忘记了这件事。

“哦，演出……”

玛丽长长地叹了口气。

“我没去看演出。”

“为什么？你不是为了看那个演出才来韩国的嘛。”

“……是的，是想看来着。但去看演出的路上，我发现雪已经不再下了，而且正在融化。所以，我想去没有积雪的地方看看。我在韩国的这几天不是一直在下雪嘛。韩国只是一个被大雪覆盖的地方——我不想带着这样的记忆离开，太遗憾了。因为在我住的地方也有很多雪。所以，我只是漫无目的地在街上闲逛。”

玛丽淡淡地笑了笑。那笑容不知为什么显得很凄凉，好像都是我造成的。我感觉很抱歉。

“本来说好一月过来的，但是……”

玛丽停顿了一下，低声说道：

“……只是我当时，来不了。”

她短暂地呼吸了好几次，我发现她在强忍泪水。玛丽半天才平静下来，我静静地等待着。

“这次我没有提前告诉你们我要来，只是在出发之前发了一封邮件。所以，我觉得也许得另找住处了。事实上，那样的可能性更大。但我只是想相信，你们会欢迎我。即使只是短暂的信任，即使只是圣诞老人的微笑……”

一个醉汉摇摇晃晃地走过去，大声唱着歌，半夜吵吵闹闹。那歌声止住了玛丽的眼泪，我们竟不知不觉地听起那前言不搭后语的曲子。

“和我们小区里看到的风景很像啊。雪停下来的晚上，不知道从哪里，总会有陌生人出现，唱着奇怪的歌。”

当男人的歌声渐渐远去的时候，玛丽说。带着哭腔的话语中夹杂着轻轻的笑声。

“在芬兰也会发生那样的事情吗？”我问道。

玛丽缓缓地点了点头。

“当然，那是很常见的事。事实上，哪里都会有那样的事情发生。”

我们默默地望着街道，雪几乎已经消失。天气很冷，既不是冬天也不是春天，是一个乱糟糟的季节。但是，那模样并不丑陋，我突然意识到了这一点。

怪物们

“杀死父亲。今天晚上。我们亲手。”

向国旗敬完礼，开始唱国歌的时候，女人的脑海里依然闪现着那些话。虽然是用黑色的笔写的，却透出一种恐怖的红色气息，像血书一样，那种字体用力而扭曲。是谁随意写出了这样令人难以置信的内容，是老大还是老二？既然写了“我们”，那就说明两个孩子都有份。如果是孩子们……

唱到副歌部分的时候，最后一个孩子到了。他不久前才入学，这是第一次参加升国旗。

“孩子们连话都说不好，现在就要升国旗唱国歌吗？”

一位妈妈一边给孩子脱鞋，一边好奇地问道。孩子的那双小脚丫也就巴掌那么大。随着她的动作，挂在光滑细腻的脸颊两侧的耳环也在微微晃动。

“这样孩子们才能更自然地熟悉礼仪，记住国歌。去学校背诵可不是一件容易的事。”

女人温柔地回答道。她看着孩子妈妈放在地上的包，漆皮提包泛着银灰色的光，隐隐地映出自己的脸。她不太愿意看着对方的眼睛，更习惯看着东西说话。孩子的妈妈在孩子的脸颊上轻轻地亲了一下，然后站起身来。

“要跟妈妈说再见呀。”

女人拍了下孩子的后背，示意孩子给妈妈鞠躬说再见。孩子敷衍地点了下头，妈妈满脸宠爱地微笑，然后走出门外。提包夹在了门缝里，于是门被打开，又重新关上。

又是忙碌的一天。女人一只手牵着两个孩子，走在小区的步行道上。有掉队的孩子时，就需要重新整顿队伍。这里的小区新建不久，听说因为房价太高，还有很多空房。在小区散步的时候，就像漫步在城堡中，却永远无法成为城堡的主人。

女人把孩子们带回来以后，给每个孩子洗手，换纸尿裤。等孩子们都坐下后，就给他们唱儿歌，然后把橡皮泥发给他们玩儿，还要随时注意不让孩子们把橡皮泥放进嘴里。这期间不时传来刺耳的噪音。房间里哭闹声不断，这边一停那边又响起来。每位老师要负责八个孩子，大部分孩子都还不到两岁。

“在别的地方，经常是一位老师负责十几个孩子。不是偶尔会有一些关于幼师欺负孩子的报道吗？一般都发生在那种地方。哎呦，相比之下咱们这儿的情况好多了。”

女人来面试时，园长这样说道。为了拿到幼师资格证，她投入了很多的时间和精力，但是园长提出的工资比她预想的要少得多。

女人时不时地瞅一眼时间。感觉已经做了很多工作，但是还没到午饭时间。她的脑海里又浮现出那些可怕的字句。好吧，就当是那俩小子写的吧。要被自己的孩子杀掉，丈夫可恶到这种程度了吗？话又说回来，他们会怎么做呢？用刀捅？掐脖子？还是推到窗外去？不对，现在不是想这些的时候，应该想想怎么办才好呢？女人的脑海里不断浮现出这些问题，但她一个也回答不了。

这是女人的一个秘密爱好，但她并没有恶意。是啊，做母亲的怎么会对自己的孩子怀有恶意呢？日记本是黑色的，封皮上粗糙地印着年份，是一个很普通的本子。日记本塞在书桌的一个角落里，隐隐露出磨损的边角。女人就像看到了不该看的东西一样，紧张得微微发抖。不过，紧接着日记本就被打开了，一览无余地呈现在她面前。里面的内容让人摸不着头绪，不得其解。很难界定这个本子的用途，它既像是一个日记本，又像是个涂鸦本。

奇怪的是，这俩小子竟然共用一个本子。“吃饭吗”“什么时候”“一会儿没人的时候”“炖青花鱼”“有点腥”，两个孩子用不同颜色的笔，在本子上写着类似的对话。学校的枯燥生活、学习成绩、喜欢的女艺人、看不懂的画，甚至还有男孩子之间幼稚而又隐隐带有炫耀意味的事情，都写在了本子上。女人本来决定不再看孩子们的日记，但打扫房间的时候，几乎每天都会翻开看看。

两个孩子是双胞胎，刚上高中，她跟他们很久没交谈过了。对他们来说，女人存在的意义不过是早晚给他们做饭、给零用钱而已。她虽然被叫作“妈妈”，但“妈妈”的用途基本上就是这些，或者类似的事情。女人安慰自己，翻看日记就是在跟他们对话。虽然她心里很清楚，这绝对算不上对话，但依然控制不住这种想法。这样她才有勇气继续翻看日记。

很明显，孩子们不喜欢他们的爸爸——女人的丈夫。丈夫对孩子们来说也没有太大的作用，因为腿受伤不能开车以后更是如此。他只是喝醉酒不小心从楼梯上摔了下去，但腿却一直没有好转的迹象。医生说很可能以后就一直这样了，这句话很快成了现实。

看着丈夫一瘸一拐地走过来，孩子们就躲进像洞穴一样黑漆漆的房间里。然后，像碍眼的东西都消失了一样，丈夫一边咂着嘴打开电视，一边悠闲地躺下。女人夹在父子中间，急得跺脚，但对于缓和他们之间的关系并没有起到催化剂的作用。女人能做的，也只能是替没用的丈夫去赚钱养家。

丈夫既无能，又多余。也许孩子们真的希望自己的爸爸消失。越想越觉得毫无疑问，他们真的是这么想的。女人好奇的是，他们是真的，今晚行动吗？孩子们，真的会，杀死他们的爸爸吗？“杀死父亲”，女人心里反复想起这个词，身体微微颤抖。

房间里散发着浓浓的大便味儿，大便从一个孩子的裤脚下面漏了出来。女人急忙拿起湿巾和纸尿裤走过去。解开纸尿裤的时候，别的孩子就会指着说臭臭，然后开始哭闹。这是每天的常态。糟心的事情总是一股脑儿涌出来。

终于到了午饭时间。每个孩子的餐盘上都贴着名字。高粱米饭、拌菠菜、鸡肉炖土豆整齐地摆放在孩子们的餐盘上。但是女人从厨房取回饭菜以后，马上就把菜和米饭搅拌在一起。如果不这样做的话，根本不可能给那么多孩子喂饭。八个孩子在女人面前坐成一排，女人用屁股使力挪着身体，一勺一勺给孩子们喂饭。当她偶尔流露出不耐烦的表情或声音时，孩子们就会停下来，直勾勾地盯着她的脸。每天被还不会说话的孩子们窥探内心，这让女人很反感。也幸亏他们不会说话，即使看出女人的想法也说不出来。

孩子们吃完饭以后，女人把所有的餐盘堆在一起拿回厨房，然后跟刚吃完饭的其他班的老师换班，抓紧吃午饭。这时，女人的班里突然传来一声惨叫。她急忙跑过去，一个孩子拼命地哭喊着，挣扎着。鲜血从她的小手上一滴一滴地滴下来。一眨眼的工夫，孩子们就可能摔倒或者碰伤，这些情况根本无法避免。不久前，一个孩子被地上的玩具绊倒，额头磕得瘀青。都是始料未及的事情，所以孩子的父母在一定程度上也会理解。但这次的事情有些严重，孩子薄薄的指甲翘起来，中间的肉都能看到。

女人张着嘴巴，抬头看了眼天花板角落里的摄像头，它可以无死角地监视她的一举一动。十六位家长可能会马上出现，要求查看监控录像。原则上，绝对不能把孩子们单独放在没有幼师的房间里。园长面露难色地说，这种情况下最好还是先联系孩子的父母。

刚才受伤的孩子的妈妈急急忙忙地赶过来。可能是刚睡了午觉的原因，她的脸有些肿，头发绑得很紧。通过监控发现，孩子在摆弄木门的时候，被门上裂开的小碎片扎进了指甲里，这才导致孩子受伤。孩子妈妈紧紧抱住孩子，这次突如其来的受伤让她怒不可遏。从不顾孩子对虾过敏，依然给孩子喂虾仁炒饭开始，孩子妈妈把这段时间所有的不满全盘抖搂出来。她大声叫嚷着，怎么会把孩子交给这样的幼儿园。怀里的孩子被吓到了，哭得更厉害。园长安抚着孩子妈妈，女人在旁边不停地鞠躬道歉。这位妈妈看上去比女人小十五岁左右。女人那个年龄的时候，孩子妈妈充其量是个小学生。那个时候，自己还很年轻，当时在做什么呢？女人不禁想起过去。

那个时候，女人还是个刚刚结婚、容易害羞的人。她和丈夫虽然是别人介绍认识的，但夫妻两人的生活很融洽。女人觉得边等丈夫边做饭的时光很幸福，也很享受跟丈夫一起安静地吃饭、洗锅刷碗的日子。两个人都不大爱说话，也不会向对方提出什么无理的要求，比较容易相处。他们的爱情从一开始就不是轰轰烈烈的，自然也不会变得如何冷淡。

然而，随着时间的流逝，女人发现平静的生活也会发生改变。吃饭时偶尔的几句对话，不知怎的让人觉得越来越尴尬。这种尴尬的气氛从心里逐渐蔓延开来，女人经常想，为什么会有这种空荡荡的感觉。

周围的人说是因为没有孩子。他们从来没有想过婚姻中只有两个人才会幸福，觉得生孩子是很自然的事情。夫妻两人义务性地两天同房一次。但次数却逐渐呈现出下降趋势，一年过去，减少到了每周一次。医院说两人身体没有任何问题，但女人却渐渐焦躁起来。又过了两年，夫妻同房的次数更少了。强烈的义务感常常让女人的身体难以放松，男人也经常没有反应。每当这时，两人都会感到无比的疲惫，内心苦涩不堪，然后闭上眼睛背对背躺在床上。

女人对丈夫说可能需要接受医学的帮助。从那天起，两人的关系就开始出现裂痕。丈夫觉得人工受孕是违背天意的做法。女人好不容易说服了丈夫，两人开始定期前往不孕不育医院。

女人也不知道自己为什么要这样，只是觉得应该让家庭更完美一些。平和安宁的象征，美满完整的家庭。有时为了完成某些事情费尽心力，而最终却事与愿违。但关于这些，她当时并不明白。

几次人工受孕失败后，医生建议做试管手术。丈夫已经深感厌倦。医生说女人的卵巢功能会比年龄衰老得更快，剩下的卵子不多了，必须得抓紧时间。女人每天近乎执拗地劝说丈夫，丈夫最终勉强接受了。但在实施的过程中，女人一直在看丈夫的脸色。大部分事情都是她自己解决：吃促排卵药物，连着几天在肚子上打排卵针，甚至因为激素的副作用而全身浮肿、头晕脑涨的时候，她都没有请丈夫帮忙。女人每隔几天去一次医院，接受各种各样的检查。即使是去取结果，丈夫通常也不会陪同。

只有在取精子时，女人才会需要丈夫。因为要在采集卵子后几个小时之内完成精子的采集，所以那天丈夫也必须一起去医院。从去医院的前几天开始，丈夫的话明显变少了。他像等待死刑的囚犯一样，变得越来越沉闷。每当看到这样的丈夫，女人就会陷入几乎失控的情绪当中。

丈夫去二层取精室的时候，女人总会咬指甲。女人知道，房间里会放比自己年轻、皮肤泛着光泽、能够引起性欲的女性的视频，丈夫会戴着耳机看这种辅助性视频。用这种方式获得精液，以此来孕育生命。怎么说呢，这让女人心里非常不舒服。丈夫总是比同时上去的男人下来得晚一些。他脸色有些苍白，但看起来又很爽快。丈夫不想跟护士碰面，所以女人接过丈夫的取精杯，自己送到传递窗去。女人总在想，黑色取精杯中那黏滑的液体是看着谁排出来的呢?

她想象着自己的卵子和丈夫的精子在培养室融合的画面，经常梦见精子和卵子在培养皿中逐渐长成奇怪的形状。女人希望孩子是他们爱情的结晶，但每次去医院都有种生活在奇异的未来的感觉。

“最多三次。”

从一开始，丈夫就这样警告女人。当这句话变成“这是最后一次”的时候，女人什么话也没说，似乎已经死心了。几个月以后，她哀求丈夫再试一次。一晚上都是她的哭声和骂声。但是女人没有放弃，一直在劝说丈夫。丈夫最终还是同意了，但是面如死灰。

丈夫很喜欢喝海带汤，甚至说过一定要在自己的祭祀桌上放上海带汤。女人生孩子的时候，没法去产后调理院那样的地方。娘家和婆家都没有办法过来照顾她。从医院回到家以后，女人身体还没有恢复，就爬起来煮海带汤了。丈夫每天喝着女人煮的海带汤，永远都喝不腻一样，好像要把这段时间耗费的精气都补回来。丈夫不停地嚼着海带，大口地喝着汤，女人就这样呆呆地看着。丈夫看起来一脸轻松，好像所有的事情都结束了。女人没有碰海带汤，虽然她产后恢复很慢，奶水也不足，但不知为什么就是不想喝海带汤。突然感觉下面有恶露流出来，回过神一看，衣服和地板上都是血。女人赶紧将这些产后的痕迹擦干净。房间里，刚出生的双胞胎总是紧贴着躺在一起，他们的脸还是皱巴巴的。不管是否愿意，他们就这样被带到了这世上。一无所知的纯真的孩子们。

得知生了一对双胞胎之后，周围的人都过来庆贺。“一次就完成了人家两次才能做完的事”、“一下子就成了四口之家”，都是这类的祝福。但是养双胞胎实在太辛苦了。一年一年，投入的精力也在不断翻倍，先是两倍、四倍，然后增加到八倍、十六倍，女人时常感觉力不从心。

为了怀孕，夫妻俩花掉了不少钱，远远超出了预算。欠债的利息也在逐年增加。孩子们渐渐长大，每个月的花费都让女人透不过气来。也没买什么贵重的东西，但像掉进无底洞一样，钱总是哗哗地就流走了。

丈夫之前的公司倒闭了。他曾在那里做宣传工作，那是一家小企划公司，总共也没有几个职员。丈夫想再找个工作，但因为年龄和职位的问题，一直没有找到合适的。他最终选择了出租车公司。为了交付公司的租金，他几乎每天都得出车，与孩子以及女人的关系自然而然地越发疏远，甚至连上次同房的时间都记不起来了。丈夫从来不会主动，女人也不想先提起这事儿。那段时间对丈夫的折磨已经够多了，更何况他们现在连同房的理由都没有了。从生物学上讲，就是徒劳无益，白费力气。

夫妻俩虽然都已竭尽所能，但生活状况并没有好转，不过是原地踏步。不，准确来说，只是没有突然身陷绝境而已，是在不知不觉间，一步一步地倒退。女人能做的事情只有带孩子，所以她选择了幼师的工作。

兄弟两人虽然是异卵双胞胎，但长得一模一样，无论谁看都像同卵双胞胎。丈夫常常把两个孩子弄混。老大的眼睛旁有颗痣，老二没有。女人经常这样提醒，但丈夫还是总犯同样的错误。光看孩子的后脑勺，女人就能一下子分辨出谁是谁。她无法忍受丈夫这种态度，觉得他是明知故犯——对他们的家庭、他们的孩子。

丈夫连如何陪孩子们玩都不知道，和孩子们相处的时候，他看起来总是很疲惫。有时酒喝多了，丈夫就会借着醉意吐露心声。

“我不相信他们是我的孩子。”

女人皱着眉头让丈夫安静点，可丈夫却停不下来。他提高嗓门，说试管过程中也可能会有失误。

“谁知道标签会不会搞混？这是完全有可能的。”

其实，女人也觉得孩子们长得一点儿也不像丈夫。她偶尔会发现孩子们在身体特征方面有像自己的地方，但除此之外，感觉就像别人家的孩子一样。不知道经过谁的培养，然后又移植到女人的体内。丈夫的话是对的。仔细想想，这也不是完全没有可能的事情。

“如果不相信的话，去做亲子鉴定就是了！”

女人大喊着。两人常常像这样，吵完一圈又回到原点。

孩子们和丈夫不亲近，和作为妈妈的女人也不怎么亲。他们两个总是自己玩儿。女人也一度不能理解自己怀胎十月的孩子们，越想弄明白，越是一头雾水。他们就像彼此的影子或是镜子一样，从小就喜欢搞恶作剧。换座位是常事，还经常换着考试。他们也没有朋友，在学校是公然被孤立的对象。还好没有被谁盯上受人欺负。孩子们个子高，体格也很健壮，再加上两人总是在一起，所以没人敢随意招惹他们，只是造谣，在背后议论他们。对于这些，两个孩子并没有感到痛苦。好像除了彼此之外，他们从来不需要任何人，像从一开始就没有父母的孩子一样。

好不容易八个孩子都睡着了。孩子们入睡的时间不同，把所有孩子都哄睡不是一件容易的事情。听说有的地方会在孩子的饭菜里加上一点睡眠诱导剂，但女人不想那样做。孩子们偶尔十分可爱的样子也会让她展露微笑，但仅此而已。女人也曾享受过那样开心的时光。但是不知为何，一切都变得依稀如梦。也许是因为时间太久远，那些记忆已经日渐模糊，如同幻想一般，让人难以置信。

现实和回忆完全不同。孩子们总是吵吵闹闹，惹是生非。他们就像恶魔一般，夺走了父母的青春，让人饱受折磨，还不断引发家庭矛盾。为什么都那么想要孩子，认为没有孩子就不幸福，甚至为了孩子放弃来之不易的工作？作为一个过来人，女人不赞同年轻妈妈们一心只为孩子的做法。只要有机会，她就想呐喊，告诉她们：你们终究也会被蚕食掉的。

女人静静地倚靠在房间的墙上，头有些晕。她给丈夫打电话。虽然已经打了三次，但一直没人接。女人就给丈夫发了短信，“回电话，快点。”孩子们醒来的时间越来越近，可还是没有收到丈夫的回复，儿子们也没有接电话。女人往学校打电话，但接着又挂断了。他们今天去学校了吗？应该去了吧。但现在也许已经回家了，也许已经把丈夫给杀了。想到这里，寒气就顺着脊背冒出来。但话又说回来，丈夫死了又有什么关系。女人突然疑惑了：自己为什么想要守护丈夫？

一个孩子翻身醒了，打断了女人的思绪。很快，就像多米诺骨牌一样，孩子们陆陆续续醒过来。女人依次给孩子们更换了纸尿裤，然后悄悄把孩子们领到冰箱旁边，这里是监控的死角。幼师们私下里把这个地方称为“气孔”。女人拿来蒸好的红薯和芒果汁，一口一口地喂着孩子。她手上的动作不由自主地变得又快又急，硬是把整个勺子塞进孩子的嘴里。随后传来孩子的哭声。不知从哪里飘来一股尿味儿，女人当作没有闻到，继续把红薯塞进孩子的嘴里。另一个孩子不知道是不是呛住了，不停地咳嗽，女人赶紧给孩子喂芒果汁。孩子露出惊恐的表情，咕咚咕咚大口喝着果汁。反正孩子们不会说话，对他们好不好也都是一样。

第一个妈妈来接孩子了，然后是第二个、第三个。一位妈妈给女人递了一罐咖啡，说辛苦了。女人虽然不喝咖啡，还是鞠躬道谢。妈妈递完咖啡，便从女人那里接过孩子，放进婴儿车里。婴儿车是售价几百万的外国品牌，以简约时尚的设计而闻名。听说这个小区的妈妈们都在互相攀比，她们在百货店里闲逛的时候，就会瞟一眼别人的婴儿车。或许，她们的孩子只是婴儿车最终的装饰品而已。

今天孩子们放学格外地快，第七个孩子被接走的时候，时针才指向五点半。现在只要最后一个孩子被接走，女人就可以回家了。其他班的孩子们也如潮水般涌出教室。园长下班以后，其他老师一个个也陆续下了班。但是，第八个孩子的妈妈还没有来。她一般四五点钟就会来接孩子，但现在七点多了还没有任何消息。老师们要把负责的孩子都送走以后才能回家。

现在幼儿园里只剩下女人和第八个孩子了。她就是今天早上来得最晚的那个孩子。两个人面对面坐着，女人开始给孩子唱歌。“妈妈去岛上阴凉的地方采牡蛎，孩子一个人留在家里看家”，唱到这里，女人突然停了下来。孩子直勾勾地看着女人。孩子为什么要一个人看家？把孩子丢在家里，她的妈妈真的去采牡蛎了吗？

女人出神地看着孩子的脸，如果不是因为坐在面前的这个孩子，自己早就可以回家了。一种无法抑制的厌恶感油然而生。女人想象着掐住孩子脖子的画面，猛地摇了摇头。“你为什么要出生呢？”她不由自主地说出了嘲讽的话。孩子没有回答，愣愣地眨了眨眼睛，然后笑嘻嘻地扑进女人的怀里。双胞胎也曾经这样吗？这么小，这么天真无邪，就这样注视着自己。女人怎么也记不起有过这样的时候了。

叮咚。孩子的妈妈终于来了。她气喘吁吁地赶过来，化着精致的妆，身上散发着浓郁的香水味。香水味中还夹杂着一种独特的味道，很明显，这位妈妈是做了出格的事之后赶来的。丢下自己的孩子，换上漂亮精致的衣服，假装没有孩子的模样和陌生男人厮混，肯定是这样。女人断定，是因为这样，她今天才来晚了。

孩子妈妈看到坐在玄关前等待自己的女人和孩子，惊讶地瞪大了眼睛。幼儿园的灯都熄灭了，女人穿好了大衣，连鞋子都穿好了。她没有理会孩子妈妈的视线，一脸冷漠地把孩子递过去。没有任何解释，她皱着眉头，把两个人赶出门外。女人快步走到两人前面，急忙往家里赶。快点，再快点！要快点到家！一定要从孩子们手里把丈夫救下来！

女人一路飞奔。坐上地铁，夹在各种人的缝隙间，走上地面，走出狭长的小巷，加快脚步，左转一次，右转两次，再左转一次。就在那儿，她看到了自己低矮简陋的房子。女人屏住呼吸，慢慢地将视线移到花坛上面，“啊”的一声突然发出尖叫。那尖叫声的回音迅速在空气中消散。

门口站着一个长长的黑影。黑影向女人走来，慢慢地分成了两个——是孩子们，女人的儿子们。自己孕育的怪异的孩子们。两个同根生的黑暗怪物。

“爸爸呢，你们的爸爸在哪儿？”

女人喊道。不知为何，喊声中还夹杂着哭声。孩子们露出悲伤的表情，然后同时喊了声“妈妈”，这是个让女人无比厌恶的词，它毁了女人的人生。

女人向两个孩子快速地扫了一眼，分不清谁是老大，谁是老二。天色黑暗，看不清眼睛旁边的痣。一个孩子搂着女人的肩膀，小声说道：

“您得煮海带汤了。”

像循环播放一样，另一个孩子也用同样的语调说道：

“爸爸不是让您给他煮海带汤嘛。”

“什么？”

女人反问，但是声音卡在喉咙里出不来。孩子们搀着女人的胳膊，把她带进房子里。女人很快就回到了家中。在远处昏暗的餐桌上，摆着一袋干海带。后面是一个相框，装着丈夫的照片，照片中的他带着从未见过的爽朗笑容。最后一次见到丈夫的时候，他是什么表情来着？

女人不忍心去看躺在医院太平间里的丈夫的脸。他的胳膊从床边滑落，露出厚实的手指。还没搞清楚是怎么回事，他就突然躺在这里了。这个不幸的男人，到底是谁对他做了什么？

儿子们比女人更早看到了死去的男人的脸。丈夫是在洗手间里吊死的。“对不起”，这是他死前留下的唯一的话。怎么能用“对不起”三个字来总结他的人生呢？他活着的这几十年到底有什么意义呢？

“你们把爸爸……”

女人话没说完就攥紧了拳头。她似乎想要证明什么似的，快速跑进孩子们的房间，找出藏在书柜里的黑色日记本，哗啦哗啦地翻看着皱巴巴的纸张。但是，不知道怎么回事，里面没有女人早上看到的内容，也没有被撕掉的痕迹。日记本上都是一些毫无意义的涂鸦。今天的内容只画着红色的圆圈，非常用心地重重地画了三个红色圆圈。孩子们施了什么魔法吗？女人狠狠地瞪着眼睛，喘着粗气。儿子们用深沉的目光注视着女人，为她揉着肩膀。

女人很想离开那个家，但条件不允许。刚开始很害怕，但是渐渐地，她开始安慰自己：还是在跟丈夫一起生活，自己的家庭依然完好无损。她常常混淆过去和现在，也分不清事情的前因后果，即使睁着眼睛也像是在梦中一般。医生说这是一种心理疾病，是内心无法接受现实世界而创造出来的一种想象。

女人沉默不语，表情也变得很冷淡。抗拒孩子们是没有意义的。不，不如说很危险。绝不能让自己也被杀掉，要活下去才行，所以必须要听孩子们的。女人默默地烤鱼、煮汤。孩子们一起把桌子摆好。丈夫经常躺着的客厅里摆放着祭祀桌，像个坟堆一样。女人拌好野菜，煎了饼。孩子们把这些东西一样样摆放在祭祀桌上，像扔出一朵朵的菊花。转眼间，桌子就摆好了。女人往旁边退了几步。因为不想承认丈夫已经去世的事实，女人从未在丈夫的灵前行过礼。两个孩子代替女人，轮流给父亲上香、行礼。丈夫的遗像摆在正中央，白色的烟像雾一样在周围弥漫。

祭祀结束后，他们开始围坐在一起吃饭。孩子们像饥饿的野兽一般，大口吞咽着饭菜。女人偷偷地瞅着这两个孩子。自己把他们带到了这个世上，却是无意义的存在。

一天之间，孩子们就像破茧而出的蛾子、蝴蝶一般，看起来既稚嫩，又成熟。两个孩子的脸上，还能看到亲切而熟悉的影子。经历了漫长的岁月，在父亲和母亲的共同努力下，在女人的身体中孕育而生的两个孩子，现在已经十七岁了，就坐在她面前。

女人慢慢拿起汤勺，把海带汤送到嘴里。咸丝丝、滑溜溜的，一勺两勺，很容易吞咽。一种不可名状的心情在她的身体中蔓延开来，她如获新生。

Zip[1]

英华在听到“家”这个词时，总会莫名地战栗。那战栗从脊椎的尾部开始，延伸到背部，然后脑袋一阵发热，手臂上也会起鸡皮疙瘩。她觉得这个词太简短，不能完全包含它所蕴含的意思。她也不喜欢这个词的发音，虽然很短，但发音时需要用力，之后又要迅速闭上嘴。但是和起汉初次见面的时候，英华没有说出这些想法，心中的秘密被起汉第一次对自己家的介绍所掩盖。起汉说自己和父母一起住的院子里，每到夏天凌霄花都开得很美。

① 韩语中“家”的发音与英语中“压缩包”的发音相似。

“是不是很神奇？‘宇宙’这个词也有‘家’的意思，‘宇’和‘宙’都有房屋的含义。其实我们就是生活在一个很大的家庭里。”

英华微笑着。在起汉的眼中，那也许是清澈单纯的微笑，但对英华来说却是强颜欢笑。因为她从来没觉得自己的家是宇宙。英华的家是个吵闹又贫寒的地方。父母为生活所困，整天都是一副阴郁的面孔，再加上还有五个兄弟姐妹。当然也有和睦的时刻，但是只要饭桌上出现一盘肉，大家就会一哄而上，野蛮地争抢一番。这个家，英华每时每刻都想要逃离。对她而言，家不是一个温馨的港湾，而像是一个黑洞，一个一切都会被急躁而饥饿的家人们吞噬的地方。

起汉把挑好刺的青花鱼放到英华的米饭上。英华虽然讨厌把鱼放在米饭上吃，但是起汉如此深情的样子，还是让她心动不已。

“‘宇宙’的汉字应该怎么写呢？”

英华为了掩饰自己的内心，随口问了一句。

“这样写。”起汉一边说一边用筷子在空中书写。通过书信来往，英华知道起汉并没有接受很好的教育，但汉字水平算是很不错。英华假装看着空中的一笔一画，实际上在偷偷地看起汉浓密的眉毛。他的眉毛又浓又粗，颜色很深，像大海里海带的颜色。英华心想原来男人也可以很美，可她不知道自己当时有多么耀眼。

英华和起汉是作为笔友认识的。当时非常流行手写信，他们是通过一本月刊的读者留言板认识的。这本杂志会同时刊登一些时事评论和演艺圈热点，这便让英华和起汉有了交集。想交笔友的人，可以在笔友栏中写上姓名、年龄、性别、住址，也可以简单介绍自己的兴趣爱好。那是一个所有人都爱好读书并用心写字的年代。英华是一家医疗器械公司的会计，起汉在一家文具公司做销售，每天在小学门口卖蜡笔、砚台、画本这类东西。英华和起汉通过信件和红色邮筒来回传递日常生活和感受，以及瞬间的想法，偶尔还会附上树叶标本和精心抄写的诗。他们的信件也如同一首青涩的诗。就这样，过了一年，在他们互通了三十三封信之后，起汉提出了请求：

“英华！我想见你！现在！”

英华感受着起汉的勇气与羞怯，将信读了一遍又一遍。在老旧的二层楼上，黄色的灯光下。

两个人第一次通了电话，约定在市政府站见面。但是那天，他们差一点就错过了彼此。因为起汉在大田没有赶上火车，迟到了两个小时。而另一边，英华按照事先的约定，围着蓝色围巾，背着黄色书包，一直在等待，既尴尬又屈辱，眼泪都要流下来了。再等半个小时，英华在心里第三次想着。不知不觉已经过去了两个小时，就在英华下定决心要离开的时候，起汉气喘吁吁地叫住了她："那个，请问……"后来，每当英华想起这一幕，心里总是喜忧参半。唉，人呐，如果当时我早走一分钟就好了，就一分钟！英华每次都这样自责。

他们几乎每天都见面。正好起汉从大田搬到了首尔，家离得很近，也不需要再写那些生涩的诗句了。跟那些文字比起来，英华和起汉都更期待鲜活的彼此。他们在没有牵手之前就接吻了，这在当时是非常出格的事情。那是在钟路的一家酒吧里，周遭萦绕着音乐声，是来自 Sanullim 乐队的《对我来说爱情太苦》。"抱歉，这里不允许这样。"服务员走过来说道。英华低下头，把头发拨到耳朵后面。起汉沉默着，一口气喝光了一碗米酒，突然对英华说道：

"现在，我要说的话可能会让你吃惊。"

英华有点不明所以，没有说话。起汉的眼睛红得有点吓人。

“我想邀请你。”

“邀请？去哪儿？”

英华睁大眼睛，环顾了一下四周，仿佛起汉邀请她去的地方就在眼前。起汉用无比真挚的眼神看着她说道：

“新的地方，我们将共同创造的世界。”

话音刚落，起汉就吻住了英华。英华最后看到的画面是服务员对他们的荒唐行为怒目而视的样子，然后紧紧地闭上了双眼。这次好像连服务员也觉得厌烦了，没有再靠近他们。英华将身体交给了起汉，脑海中浮现出起汉曾抄写给她的诗，“待到牡丹花开，那灿烂悲伤的春天……”在那灿烂悲伤的春天和将自己笼罩的湿漉漉的呼吸声之间，英华的神志逐渐模糊，然后砰的一声，归于虚无。从此，两个人变得无比亲密。那时的他们没有什么隔阂，身心都像面团一样紧紧地黏在一起，竭尽全力地想成为彼此。因为是第一次恋爱，连可以比较的经历都没有，英华觉得无比委屈。假如世界上真的有时光机器，英华想回到和起汉接吻的那一刻，把自己的头狠狠地拽开。

起汉为英华搭建了紧实的篱笆和屋顶，非常坚固，有很多空隙可以进出，却无法逃离。狂风呼啸，大雨从四面八方渗入，汹涌的波涛一阵阵袭来，台风过处一片狼藉。他们的家常常变样：最初的新家建在地下，原以为这里可以幸运地变成复式小公寓，却突然成了山坡别墅，又出乎意料地变成了郊区出租房。一会儿变大，一会儿变小，好像是在谁恶作剧的指挥下，不停地变身一般。

虽然经历了如此频繁的变换，但英华对家的感觉始终是相同的。一切都在摇摇欲坠，搭建的架子却纹丝不动，英华被困在其中，动弹不得。

疯了吧。

我是疯了吧。

我真是个疯子。

英华经常在心里喃喃自语。英华虽然有时也会陷入忧郁，但生活至少还算平静。然而，起汉却经常给这平静的生活提供戏剧元素，这种事多得不胜枚举。概括起来的话，就像《爱情与战争》、《世上竟有这种事》和《你好》组合成的频繁播放的系列剧。起汉常常在关于女人的问题上犯些不大不小的错，让英华烦心不已，而且每过几年就会花一大笔钱财收集稀奇古怪的东西。尽管如此，他却完全不能体谅英华所遭受的痛苦，始终一副心安理得、厚颜无耻的样子。

英华多次计划逃离这个在暴风雨中摇摇欲坠的家，但命运却像跟她开玩笑似的，每到这种时候就会突然发生重要事件：母亲去世、婆婆紧急手术、父亲遭遇交通事故、小叔子试图自杀……再后来，又加上老大无故旷课、老二复读之类的事情。跟这些相比，起汉那些事就显得无足轻重了。因此只能按照轻重缓急的原则，往后一拖再拖。

每当英华屈服于残忍的命运时，她就咬紧牙关，想着等老二长大成人以后再离开。就这样，英华和起汉相敬如宾地在同一屋檐下相处至今。长此以往，他们都渐渐成了和初见时完全不同的人。

现在，大女儿已经当上了公司组长，二儿子也成了博士，可英华和起汉依然生活在一起。一旦经历了人生中的狂风暴雨，再强烈的感情也会逐渐黯淡。曾经，英华带着愤怒和复仇的心情，坚定地等待着离开的那天。但不知从何时起，她的心里产生了另一种想法。这种想法就像逐渐长大的蟒蛇一般，渐渐地支配了她的内心。是否为时已晚？憎恨的激情也终将燃烧殆尽。

就这样度过余生，其实也未尝不可。

这种想法是不久前刚萌生的。英华参加同学聚会时听说了淑熙儿子的事。淑熙是英华的高中同学，结婚两年后，丈夫因涉嫌诈骗被起诉。与丈夫离婚后，淑熙一直独自抚养儿子。在大家的印象中，淑熙并不是一个敢于表达自己的想法和决定的人。这次淑熙如此果断地跟丈夫离婚，着实让大家惊讶。

即使淑熙不在，她也总能成为聚会上的精彩话题。大家对淑熙的评价一半是担忧，一半是同情。不知淑熙自己是否知晓，但她依旧坦然自若地参加同学会。淑熙总是到得最晚，走得最早。每次她一离开，大家就开始望着她纤细的背影议论："孤苦伶仃的，她身边除了我们也没什么人了，还是得好好活下去啊。"然后意味不明地咂咂嘴巴。然而，塞翁失马焉知非福。谁能想到几年之后，淑熙的人生从某一刻起发生了逆转。

淑熙的儿子考上一流大学的时候，大家还满不在乎。但得知她儿子毕业后直接进入了大企业工作，淑熙又投资房地产赚了一大笔钱时，大家的本来面目就暴露出来了。"怎么可能有这种事？""即使是运气好，当初能筹到那么多本钱也是了不起啊。"各种议论纷至沓来。因为不好直接针对淑熙，就生出一些拐弯抹角的评论。比如谈到和淑熙处境相似、同样也获得成功的熟人时，会说“那个熟人靠的不是本钱，而是男人”，“我辛辛苦苦生活，谁也指望不上”。他们一边恶语相加，一边哈哈大笑，那都是些看似没有恶意的玩笑话。英华并没有参与他们的玩笑，但当大家哄堂大笑的时候，也会跟着一起笑。每当这个时候，英华就会暂时忘记自己因为没有淑熙那么勇敢而后悔的事。

最近淑熙没有参加聚会，这意味着出现了新的情况。听说她那个很有出息的儿子在公司对部长动手，面临着即将被解雇的风险。每次听到新消息，惠顺都会大声嚷嚷：“看吧，上梁不正下梁歪。”

英华从不向别人絮叨自己的事，因为从小到大，她的生活中就没有什么可以炫耀的。如果吐露内心的阴霾，那阴霾便会一步步吞噬自己，最终变成一把刺向自己的匕首。英华经过学生时代和短暂的职场生活后，就已经明白这一点了。关于她和起汉的婚姻生活，英华也从来闭口不谈。像今天这种日子，英华意识到自己的选择是多么明智。对于生活的艰辛和容颜的衰老，英华也曾心怀感慨，却从未向外透露过自己的家事。因此，虽然和实际状况不符，但在别人眼里，她的生活是完美无缺的。

在回家的路上，一想起淑熙的脸，英华突然想去买菜，就顺便去了趟超市。她奢侈地买回来各种食材，难得地给起汉做了一顿丰盛的晚餐。起汉大汗淋漓地吃着蘑菇和牛肉做的辣豆腐火锅时，英华在精心擦拭着起汉的功劳奖章，那是他最后从一家乳制品公司退休时获得的。说是功劳奖章，其实和全勤奖差不多。就在几个月前，起汉得了这个奖，退了休。他抱怨这个奖章没用，还不如发钱实惠。

“干吗做那些没用的？”起汉问道。

英华笑了笑。

“怎么没用呢，这是你辛劳的象征啊。”

那天英华的声音很温柔，起汉却像是受到了什么侮辱，哼了一声，继续埋头吃饭。一边吃一边不停地数落，什么饭的味道呀，饭的量呀，食材的费用啊，执着于这些琐碎的事情。起汉总是这样对待英华。

那是女儿快要结婚的时候。之前女儿一直说死也不结婚，后来带着准女婿回家时，英华简直喜出望外。他们是在公司认识的，准女婿脸上没什么表情，但英华仍然盛情款待了对方。

“看起来人很诚实，长得也算不错。”

准女婿走了以后，英华一边削着剩下的苹果，一边说着。女儿关掉电视，母女俩的脸映在了电视屏幕上，女儿看起来很不满，气鼓鼓的。

“妈妈，你的婚姻生活都过成了这个样子，我结婚又有什么好高兴的。”

“臭丫头，这是两码事。我就这样了，你未来的日子还长着呢。”

“别整天叫我臭丫头，这是语言暴力。”

“你怎么整天动不动就发脾气呢？”

最终两人又吵了起来。起汉走过来，一屁股坐在沙发上，打开了电视。他把电视调到围棋节目频道，每隔一秒就按一下音量键，逐渐调大声音。当音量盖过母女俩吵架的声音时，女儿一把抢过遥控器扔了出去。一年前换网络时赠送的五十五英寸电视机被砸出了长长的裂痕。

女儿准备婚礼期间，一家人需要经常聚在一起商量。而每次都一定会有人爆发，剩下的人就愤然离开。结婚日期越近，英华的心里越是忐忑不安。同时，她也心怀感激，期盼着这件事过去后，家人们能变得更成熟一些。

但当英华无意间听到起汉打电话之后，她的心变得冰冷而坚硬。

那是女儿结婚前一周的一个晚上。英华一觉醒来，走到客厅的时候听到起汉在小声说话。声音很小，又很慌张，像是有什么秘密。英华立马紧张起来。是女人吗？如果是的话，那就假装不知道吧。起汉出轨三个月以上的情况，每十年也只有一次，当然，除此以外还有过很多次外遇，只是英华故意回避，不想追究罢了。

然而，起汉小声通话的人是他的老朋友东宇。东宇直到五十多岁还整天跟起汉喝酒，喝醉之后凌晨回到起汉家，把英华叫醒给他们准备酒菜。英华站在门后听了十来分钟，大概明白了他们在说什么。原来起汉因为相信别人借钱投资，结果亏损了一亿韩元。十年来，起汉一直在偿还这笔钱，东宇是最后一位债主，起汉打电话就是为了告诉他已经把借的钱打过去了。英华这才明白，怪不得从某一天开始，起汉突然不再和东宇来往，连电话都不接，原来是这个原因。一个亿！英华无法想象，这么多钱，要用多长时间，怎么来还。起汉仿佛看穿了英华的担忧，用“孩子妈妈”来代称她，还这样说道：

“反正那个女人什么也不知道。她只知道家里那点事，根本不知道这个家的开销，也不知道外边发生了什么。”

英华站了一会儿，悄悄回到卧室。她躺在床上，像过去那样无视内心的声音，努力让自己入睡。其实英华也隐约知道那一亿债务。即使想视而不见，但起汉欠下这么一大笔债，多年来一直像影子一样纠缠着他，怎么可能完全不知道呢。但是英华一直装作不知道，因为她害怕一旦说出来，所有的灾难都会降临到他们身上。装作不知道，好像就感觉不到这笔债存在一样。万幸的是，起汉最终自己解决了这件事。

但是起汉最后说的话太具有冲击性，随着时间的流逝一点点渗进英华的心里，在她的心里扎根。反正，那个女人，不知道。每个词都非常有分量，英华一半是委屈，一半是赞同。这话说得既对又不对。“我该怎么理解这句话呢？”英华每天无数次地问自己，将这句话无限放大，最终也渐渐开始被这种强烈的情感支配。

考虑到女婿老家在束草，他们选在东首尔客运站附近的一个礼堂举行婚礼。婚礼仪式平淡无奇，跟其他人的婚礼并无二致，只是换了个主角而已。起汉的眼睛始终炯炯有神，英华以为他在强忍着泪水。但婚礼仪式结束后，他一出来就对在大厅外收礼金的新郎朋友们说：

“我一直看着这边呢，看有没有偷礼金的家伙。”

起汉说话的时候，淑熙就站在英华后边，仿佛被吓到了，一副瞠目结舌的样子。英华勉强控制住自己的情绪，只希望所有的仪式能快点结束。

回到家后，他们早早就上床睡觉了，也不知睡的是午觉还是晚觉。凌晨，起汉收到了一条短信，是讣告，去世的是一位很久不来往的公司同事。他们磨蹭了很久，到达葬礼现场时已经是午后。火辣辣的夏天，大白天来参加葬礼的只有他们两个人。英华坚持不吃任何东西，因为不想在女儿婚礼后的第二天吃殡仪馆的饭。

“那你来干吗，你这人，我都交饭钱了！”

起汉很不满地大声嚷嚷，竟然一个人喝光了两碗辣牛肉汤，还一口气喝完了一瓶烧酒。英华只是呆呆地看着他。这人刚刚还从英华准备好的帛金里偷偷拿出五万韩元。面对着别人的死亡，起汉居然能说出“饭钱”这个词，这让英华无法理解。喝了几杯酒，起汉就开始嘟囔，说昨天婚礼上肯定有人偷了礼金。

“偷钱的家伙都要遭天谴的。”

起汉又开始没完没了地重复这种话。是的，我知道，知道你过得有多么艰难。尽管怀着这样的心情，英华忍了又忍，最后还是打断了起汉：

“根本没有人偷礼金。你就祈祷女儿幸福，祈祷我们快乐，好吗？”

“这么天真，早晚会被别人坑死。我说错了吗？”

面对着顽固不化的起汉，英华只好闭上嘴，直到上车时都一直保持沉默。因为起汉刚才在短短的时间内喝掉那么多酒，只能是英华开车了。起汉坐在副驾驶上，车子出发不到十分钟，他就从手套箱里掏出放得皱巴巴的信封，计算昨天已经数过的礼金。金额比预期的要少，起汉又开始低声咒骂昨天的宾客，接着指责现在的世道和整个世界。

英华默默地开车。为什么耳朵不能堵起来呢？眼睛和嘴巴都可以闭上，呼吸也可以憋到忍不住为止，为什么耳朵就无计可施呢？为什么就不能靠意志力自动屏蔽他的话呢？而且现在也没办法用手捂住耳朵。

英华一边埋怨自己双手必须握着方向盘，一边挪动踩着油门的脚：这种垃圾一样的废话，还要听到什么时候？就像在折磨俘虏一样。也是，我这一辈子都是这么过来的。不过真是神奇啊，这人也有耳朵，为什么他就能随心所欲地控制自己的耳朵呢？

耳边的聒噪和杂乱的思绪搅在一起，这才稍稍屏蔽掉一些无休止的噪音。

晴朗的天空突然阴了下来，远处传来轰隆隆的雷声。能量耗尽的起汉开始打瞌睡，在密闭的空间里，他的呼吸散发出虾酱味，跟旧轿车的灰尘味混合在一起。

英华打开了窗户，结果错过了红绿灯。今天是个奇怪的日子，虽然这一天做了很多事情，但是时间仿佛变长了，太阳一直都没有下山。英华放松了握着方向盘的双手，突然有了一种从未有过的勇气。她想随心所欲地开，将一切都交给偶然。英华就这样漫无目的地前行，累了就左转，绿灯就右转。起汉在一旁睡得很香，呼出的气息也越来越重。英华看着起汉脚下的一沓钱。虽然对钱很执着，但起汉总把钱到处乱放。说我不知道？什么都不知道？英华脑海中嗡的一下，又响起前几天听到的那句话。她想象着从起汉脚下破破烂烂的信封里抽出一张张纸币，让它们随着窗外的风飞走的场景，完全没有意识到自己开到了哪里。

“这是哪儿？”

起汉终于醒过来。

“我也不知道。”英华老实地回答。

车子离开首尔已经很远了。他们拿出几个月前就已经出故障的导航，指示牌上只显示这里是京畿道郊区的某处。周围没什么人，旁边是平整的稻田。英华沿着弯曲的道路慢慢掉转车头，眼前突然出现一片意想不到的景色。平坦而又幽静的树林一望无际，填满了整个视野。两边的树木郁郁葱葱，高耸入云。英华下了车。很奇怪，虽然这次开了很久，却不觉得累。

英华沉醉在风景中，向前走去，起汉磨磨蹭蹭地跟在后面。不知不觉间，一些高高耸立的灰色建筑映入眼帘，将树林挤到了后面。公寓施工现场很开阔，连围栏都没有，三栋二十多层的高楼直冲云霄。“看起来还没有完工，很破旧的样子，好像已经停工很久了。”起汉用粗犷的声音说。新闻中经常有这样的报道，或者是楼房没有卖出去，或者是谁中途携款跑了，最终成了烂尾工程。

和不以为然的起汉不同，英华对眼前这些房子的感觉很强烈。房子是房子，只是无人居住。但它们看起来好像已经完成了自身存在的意义。

“如果最终完工的话，谁会住在这里呢？”

英华问道，仿佛在自言自语。

“谁会住这么破旧的房子。”

起汉生硬地回答。

“没错，如果我一开始也这么想就好了。”英华说。

本来只是一句无心的话，也许是因为在静谧的傍晚，语气听起来异常冰冷。起汉还没有敏感到能察觉英华冰冷的话语，但也有点尴尬地耸了耸肩。奇怪的是，在这里，英华感觉自己似乎占据了主导权，提议再多走一会儿。听了英华的话，起汉战战兢兢地挪动沉重的脚步。

傍晚，原本淡蓝色的天空仿佛换了场景一般，瞬间被染成了紫色。三栋建筑的正中央有一个小湖泊，可能原来是作为居民文化设施建的人工湖。湖面波光粼粼，是这里唯一完工的东西。风轻轻摇晃着树木，仿佛一幅巨大的插画。湖面上没有一丝涟漪。英华和起汉就像登上舞台的演员一样，被什么吸引着走向湖边。不知从何处飞起一群鸟儿，传来阵阵嘈杂的扇动翅膀的声音。英华的头发随风飘起，那是一阵让人感觉闷热又不舒服的风。

“真是个奇怪的地方。”

英华望着湖水说道。光秃秃的湖边也没什么安全设施，一侧只有几层破旧的台阶。英华和起汉不由自主地走下台阶。湖面隐约映照出他们的脸。英华觉得自己忍了很久的话终于可以说出来了。其实只是简单的话。

“你以为我什么都不知道，其实我都知道。”

英华平静地说着。

“你曾是什么样的人，怎么变成现在这个样子；我们从哪里开始，怎么走到了今天；还有你已经忘得一干二净的那些琐事，我全都记得。”

英华后来又对起汉说了一些话。但具体说了什么，起汉是怎么回答的，直到最后，甚至是很久以后，英华都记不起来了。

英华说完后转过头，发现身边的起汉不见了。回头一看，起汉的影子消失在了灰色的楼房里。最终还是一句话都不愿意听啊！英华感到绝望，绝望中夹杂着往常没有的愤怒：今天绝不独自忍耐，要跟过去抓着他的胳膊，警告他从头认真听清楚！英华气喘吁吁地追着起汉的影子跟进楼里，里边很暗很安静，每走一步都会闻到一股潮湿的水泥味。隐约可以看到紧闭的电梯门，它失去了送人回家的机会。如果这栋楼能完工的话，说不定会住着很多幸福的家庭。英华突然感到非常疲惫，只想快点结束这漫长又无聊的一天，但已经筋疲力尽。

“不知道。”英华自言自语，“是啊，我不知道。就像他说的，我什么也不知道。”英华坐在电梯对面的应急楼梯上，闭上了眼睛。周围漆黑一片，但她没有感到丝毫的害怕。只是希望一切能就此结束该多好，甚至不知道那是否只是梦中的期盼。

半睡半醒中，英华晃了晃脑袋，睁开了眼睛。她突然有一种奇怪的预感，于是急忙向外面跑去。“老公，老公……”英华呼喊着。

起汉没有回应。

起初，英华以为起汉在树林里彻底消失了，以为他就这样永远地消失，再也不会出现了。但是警察搜索了二十分钟后，在湖边的岩石下发现了起汉。虽然他的脸露在外面，但是肺部充满了水，而且脑部受到了无法恢复的损伤。英华接受了好几次仔细的询问，但警方并没有发现她有犯罪嫌疑。起汉的案件被认定为意外事件。生活最终如英华所愿，安静下来。

起汉变成了大家常说的植物人。但英华觉得这种说法不对，起汉的身体沉重且肮脏，根本不像植物。英华无法理解，为什么大家会把丧失能力的动物比作植物。

英华把家里所有的积蓄都拿出来给起汉交了医药费。虽然按现在的生活状况看，英华应该出去找点事做，但她还是一直没走出家门，苦苦撑到现在。哪怕只有几天，她也想享受一下独自一人的清静生活，所以暂且这样维持下去。在平和又安静的家中，英华给花浇水，换不同颜色的窗帘，给广播电台投稿，还得了小奖品。屋里的空气慢慢地变了。确切地说，是虾酱的味道消失了，整个房间里只有阳光和英华的味道。每周去医院看望起汉回家以后，英华一定要去澡堂洗个澡，洗得干干净净的。不知道怎么养成的这个习惯，但它就这样变成了一种仪式和信仰。

每当孩子们回家和英华一起吃晚饭时，家里顿时变得沉闷起来。已经组建新家庭的女儿和当上教师的儿子非常同情起汉，经常热泪盈眶。姐弟俩回忆起为数不多的童年往事，有时会放声大哭。英华也会含泪点头，这些也是出自真心的。但当儿子带女朋友回家时，这样的对话就很难继续了。

“父亲真的是个好人。但是我已经没有机会对他说这些了。”

儿子几乎没怎么跟起汉说过话。他上中学的时候被起汉打过几次耳光，父子俩闹翻了，长大后关系也十分生疏。英华偶尔会哀伤地说："儿子连和父亲和解的机会都没有，就这样永远地断绝了关系。"因此，儿子正式地说原谅父亲的那句话，听起来反倒像是为自己即将成为父亲而做出的宣言。

起汉的状况虽然岌岌可危，却一直坚持着。英华有时感觉他已经危在旦夕，甚至期盼着他能早点解脱，但他一天一天地活着，一个月，一年，三年……起汉就这么不好不坏地一直躺着。日子一天天过去，他在孩子们的记忆里渐渐变成了一个好人，一个可以理解的人，一个不幸的人，一个活着却只能被思念的人。对一个人的记忆和感情会逐渐模糊，会被磨灭。是啊，这样也不错。尽管英华心里这样想着，内心深处却经常回忆，那天在湖边到底发生了什么。

再怎么想也不是我干的，那到底发生了什么事情呢？

英华偶尔会在心里悄悄地呐喊。为了掩盖这些声音，她浇花时会哼唱诗歌。

英华一直无偿帮女儿把孩子带到四岁。女儿偶尔也给她零花钱，但她从不乱花，而是攒起来给孩子买零食和衣服。她在超市和百货店食品柜台当收银员已经有两年了。

一天，一个人拿着很多法国产的矿泉水到收银台结账，冲着英华说："天哪，是英华呀！"来人是淑熙。英华一边给淑熙扫码，一边应付着。淑熙坚持要等英华休息的时候叙叙旧。过了一会儿，英华顾虑重重地来到百货商店四楼的咖啡厅。起汉出事之后，英华就再也没有参加过同学聚会。淑熙的脸变得圆润了一些，烫过卷的头发依旧浓密有光泽。

淑熙开始讲自己的故事。之前出了些问题的儿子还在原来的公司工作，而且升了职，不久前刚结婚。淑熙自己也在不久前登记结婚，现在已经开始同居了。这让英华大吃一惊，之前淑熙好像要一辈子就这么过下去，现在居然选择了再婚，真是让人出乎意料。淑熙看起来非常满足，她讲了自己和细心周到的富豪丈夫交往的经过，几乎占用了英华全部的休息时间。英华默默地充当着一名优秀的倾听者，等她把故事讲完。也许正因如此，淑熙准备要走时的一番话，让英华大惊失色。

"不过英华呀，你还好吧？"

淑熙不知道从哪里听说了起汉的事。英华回答说确实很辛苦，但没办法只能咬牙坚持下去。她试图打断淑熙的话，但淑熙却很固执，把自己听说的有关英华的事情一一道来，想要确认是不是真的。在淑熙的口中，英华现在的人生乱七八糟、破败不堪，充满了悲剧色彩。英华微微一笑。

“我没事，真的。”

淑熙笑了笑说：“在我面前就不要装了，没必要啊。”

“什么意思？”

英华觉得淑熙脸上的笑容很微妙，于是问道。

“你不是每天都跟我说嘛！‘要累死了，已经厌倦了，想杀了他。’”

淑熙小声地说。英华的脑袋一片空白。我说过吗？我和淑熙的关系这么好吗？不对，不管关系好不好，我绝对没有跟任何人说过这种话。淑熙突然出现，好像对自己的人生非常了解一样，说出这样一堆话，让英华火冒三丈。

正当她犹豫着该如何表达自己的心情时，淑熙又低声说道：

“哎，别担心，我没跟任何人说过。”

那天晚上，英华和外孙女一起去了游乐场，外孙女和朋友们一起荡秋千，叽叽喳喳地跑来跑去。英华坐在角落里，用手机搜索那天和起汉一起去过的地方，那个跟起汉最后对话的地方。

令人惊讶的是，不知道问题是怎么解决的，那个地方已经建了新的公寓，并且已经销售完毕即将入住。公寓的宣传广告中，有玩耍的孩子，有坐在长椅上看书的老人，还有骑自行车的年轻人。

但是，没有看到湖。原来有湖水的地方建了一座小楼，是阅览室和休息室。英华为了确认搜索了好几次，但出来的结果都是一样的。

这怎么可能呢？英华反复念叨着，这种事怎么可能呢？但她又突然得出了结论，可能呀，因为可能才发生的呀，因为发生了所以才可能。就是因为可能，我现在才坐在这里呀。英华的心情顿时平静下来，她挪了挪沉重的身体。一只小蜘蛛正在墙壁间吐丝结网，等到蜘蛛网快结完的时候，游乐场里的孩子们几乎都走了。不知什么时候，外孙女跑了过来，坐到英华的腿上，缠着她讲过去的故事。

英华没想起什么故事，只是开口说道：

“很久很久以前。”

外孙女安静地等着听英华讲故事。

“外公和外婆开始在一起生活，他们的家非常漂亮。”

英华合上了嘴，没想出来后面的故事。但是孩子不停地追问，然后呢？后来呢？问一句，英华就说一句。不知不觉间，英华的故事就这样继续下去了。

她想起了和起汉写过的信、生孩子时的喜悦、起汉第一次升职时吃的桃子，往事历历在目。那些微笑和喜悦、阳光下坚定的决心、哭泣后绽放的笑容，英华以这些为素材，编造了一个美好的故事。在这个故事中，英华的生活很幸福，很安宁。家，是一个安全而温暖的港湾。像童话里那样，英华生了女儿和儿子，女儿结婚后有了现在的外孙女。讲完后，外孙女紧紧地抱住了英华。

“但是外婆为什么哭呢？”

孩子用手抹掉了英华脸上的泪水。英华不知为何沉默了一会儿。孩子只是单纯地好奇，一直问她为什么哭。最后，英华给出了答案。

“因为这个故事的结局是你呀。”

英华说出这句话的瞬间，终于明白，现在已经无法后悔，也不可能重新再来了。所有的一切不可能回到最初的起点。因此，应该尽量选择尚有可能性的那条路。而可以确定的就是眼前这个有无限可能的新生命。

从刚才起就渐渐阴沉的天空已经下起了雨。英华拉着孩子的手，尽管孩子总想跑远。英华转身把孩子抱了起来。哗啦啦，唰啦啦，风不停地变换着方向，仿佛在为雨打着拍子。

英华慢慢地走回家中。虽然家里空无一人，但理所当然要像往常一样，不管是现在还是未来都要回家。回到那个装载着她全部人生的小小宇宙中，那个起汉曾经邀请她、她欣然答应、总想逃离但最终又会回归的地方。

阿里阿德涅庭院

从没想过自己会变成一个老太太。只是一天一天地过去，就成了现在的样子。敏雅偶尔会想起自己二十几岁时的样子，和当时看的小说、电影、电视剧中充满活力的主人公相仿的年纪。那时无论是谁都会觉得，敏雅和敏雅那一代是这个世界的主人公。对他们来说，今天过后永远都是令人心动的未知的明天，根本不会想到有衰老的那一天。敏雅所能描绘的遥远未来，最多也就是一个像平静的海边的地方，偶尔会有些噪音。在想象的画面中，敏雅年轻的活力已不复存在，但依然面容姣好，她深情地握着某个人布满皱纹的手，眺望着远方的海平线。

然而今天这副模样却完全超出自己的想象，像个陌生人。

智能语音机械地汇报了敏雅的健康指标，提出缺乏维生素D等一系列建议。话音刚落，窗帘就自动拉开，整个房间充满刺眼的阳光。这曾经是在电影中才能看到的未来景象，但现在已成为过时的老技术了。在突如其来的阳光照射下，地面、墙壁，还有每个月换洗一次的白色床单，都泛着耀眼的光芒。

敏雅慢慢地站起来。她每次动弹的时候都在思索，这种沉重而僵硬的感觉是从什么时候开始支配自己的，但实在记不清了。虽然想竭尽全力地对抗地心引力的召唤，但只是白费力气。与墙上镜子中的自己相视而坐，那张从未预想过的老去的脸呼呼地喘着粗气。即便是如此明亮的阳光，也无法抚平镜子里敏雅的皱纹，无法美化那衰老的皮肤。从这一点来看，这里的人工阳光更像是贴近现实的照妖镜。

墙角响起了嘹亮的莫扎特的旋律，这是用餐铃声。音乐声勾起了敏雅的回忆。以前学校的休息铃声也是这首曲子吗？或是快递员送来快递的时候，响彻整个小公寓的铃声？又或是去维也纳旅行时，在美泉宫的夏季音乐会上，维也纳爱乐乐团的安可舞台上也演奏了这首曲子？那时的一切都是飞快的，脚步、呼吸，甚至是听到朋友呼唤时转头的动作。现在的身体已经生锈了。但即使这样，也无法战胜人类求生的本能。此刻的莫扎特旋律，已不再代表着学校、快递和美泉宫，而是成了在传入耳朵的瞬间，便让敏雅分泌口水、顿感饥饿的旋律。这可怕的本能。

毛茸茸的拖鞋缓慢地踩过地面，敏雅的脚步虽然沉重，速度却尽可能地快。因为如果不按时吃饭，就没饭吃了。这就是敏雅所在的 Unit D 的原则。与 Unit A、B、C 一样，Unit D 也平均分布在各个区域。在老年人口占总人口绝大多数的现代社会，Unit 的存在是必然的。敏雅目前所在的 Unit D 的正式名称是“阿里阿德涅庭院”。每个 Unit 都有不同的名字，谁也不会用 Unit A、B、C、D 来称呼。但像以前租赁的公寓的名字一样，“阿里阿德涅庭院”这个名字听起来就会让人自动联想到 D 等级。敏雅曾经也是婚恋市场中最高级别的会员，但现在不过是比最低级的 F 高一个等级的 Unit D 的成员罢了。就像不知不觉间增长的年龄一样，人生的指标和等级也在岁月的洗礼中成了现在这副模样。

但是今天，敏雅的心情并没有那么糟糕，她在期盼着。

老人们聚在一起吃饭，从来不会安静。他们发出的声音不是充满活力的，而是接近噪音。年龄这东西，可以让人们的言行不再拘谨。如果没有强大的意志力和自觉性，就不会有安静敏捷的行动。因为身体会变得迟钝，自己也听不清自己发出的声音。餐具碰撞在一起嘈杂的声音、无意间吧唧嘴的声音，还有随地吐痰的声音，这些影响食欲的噪音对老人却不起作用。他们毫不理会，只顾吃饭。Unit A 中几乎没有这样的光景，搬到 Unit B 时，也只是发生在少数人身上。噪音在 Unit C 中的范围逐渐扩大，而到了 Unit D，已经成了一种普遍现象。敏雅已经习惯了这里的噪音，那些幼稚的、永无休止的争吵和诽谤，以及吵闹之后大打出手的场景。

食堂的桌子上已经摆满了装着饭菜的餐盘。敏雅向着女就餐区最里面的桌子努力挪动着身体，因为那里是为数不多的可以享受“真正阳光”的地方。但就在坐下的一瞬间，有人一屁股坐到了对面，挡住了一半的太阳。

“这些老人们真吵……一大早就烦死人了。”

这中气十足的说话声来自智允。智允瞟了一眼对面区域的老头儿们，嚅动着她那满是皱纹的薄嘴唇，将他们发生争执的来龙去脉娓娓道来。她一口一个“那些老人”，不禁让人诧异，难道她觉得自己不是老人吗？

智允和敏雅住在同一楼层相邻的两个房间。刚到 Unit D 时，敏雅觉得能交个朋友也挺好，两人年龄相仿，也有很多相似之处。敏雅说自己看过U2（爱尔兰摇滚乐队）在韩演出，智允说在英国看过绿洲乐队的演出；两人曾就读于同一地区的大学，感受过共同的文化，还共同经历过上个世纪末的生活。也许正因如此，跟智允聊天，能给敏雅带来很大的安慰。但是没过多久，敏雅开始觉得和智允相处很吃力，而且非常后悔跟智允诉说过自己的喜好和过去。她们之间的共同点仅此而已。除此以外，从三十过半开始，智允和敏雅的生活轨迹就完全不同了，拉开了很远的距离，而后突然又在Unit D奇怪地交会在一起。

智允跟敏雅聊天的内容主要是回忆过去，她那种超乎想象的优越感毫无遮掩之意。与丈夫的恋爱史、富足的婚姻生活、在孩子私教方面所倾注的心血、通过房地产和股票创下的资产，这些内容对敏雅来说毫无趣味，就像来自其他世界的童话故事一般。

敏雅没有结过婚，也没有生过孩子。尽管如此，她仍然怀着满满的自豪感，坦然地过完了职场生涯。公司位于首尔的中心街区，敏雅的家却从商务公寓开始，离首尔这座城越来越远。在快要退休的那年，敏雅在距离首都圈较远的卫星城买了一套小而旧的公寓，开始在那里生活。如果能早早结婚，如果能狠下心来贷款在市中心买套房子，那么一切是否都会变得不一样呢？自己没有尝试过的人生是否才是正确的选择？敏雅一直被这种疑问和悔恨困扰着。认识智允以后，敏雅感到庆幸，终于明白人生本没有正确答案。虽然对智允有些抱歉，但这对敏雅来说的确是巨大的安慰。智允的生活曾被所有人羡慕，但智允现在不同样住在 Unit D 吗？

父母去世后，敏雅和唯一的弟弟也自然而然地疏远了，她现在和孤寡老人没什么区别。退休后，敏雅也曾有一段时间沉迷于各种消遣，但那套小公寓提供的养老金并不足以保障长久的晚年生活。敏雅主动加入了 Unit，因为做了较长时间的计划和准备，自然是从 Unit A 开始。在 Unit A 的生活很惬意，成员们并不是最富裕的上层人士，但都知书达礼。虽然政府提供一部分补助金，但需要自费的金额依然不少。敏雅认为，自己再不济，人生的终点也应该是在 Unit B。但让她始料不及的是，超出预期的寿命会让她沦落到 Unit D。从这一点来看，也许智允比敏雅更能感受到那种绝望。然而，跟智允在一起的时候，敏雅总会陷入一种无法忍受的情绪。智允那种可悲的优越感，常常让敏雅感到既可怜又厌烦。

智允似乎察觉到敏雅对自己讲的话没有什么兴趣，仔细观察着敏雅的表情。

“有什么好事儿吗？你的表情很特别啊。”

对于这个试探性的提问，敏雅给出了否定的回答，继续吃着自己的饭。当然，智允也不放弃，继续追问。

“Tell me. What makes you so thrilled? ”（告诉我，是什么让你这么激动？）

智允用英语小声询问，虽然发音没有英文是母语的人那样标准，但从语调和语气能听出是从小就开始学英语的。这对婚后和丈夫在美国生活了三年的智允来说，也不足为奇。但智允用英文交流并不是什么好征兆，因为可以预测到接下来要发生的事情。

“Oh I see. They’re coming. ”（噢我知道了，他们要来了。）智允特意强调了“They”，脸上露出微妙的表情。

“嗯，好久没来了。”

听到敏雅若无其事的回答，智允的脸皱了起来。就像预见不祥的荒野魔女一样，她气得咬牙切齿。

“我说过吧，绝对不能接纳他们，不能相信他们！”

智允用尖锐的声音怒吼着，浑浊的眼睛充盈着泪水，显得炯炯有神。这眼神并不代表着悲痛或哀伤，只是在某种情绪高涨时表达激昂之情。她浑浊的眼珠闪着光芒，不停地转动。休息室里偶尔会播放歌剧，智允便望着远处，小声跟着那些曲子哼唱。此时，敏雅脑海中便呈现出一幅画面：在一所漂亮的房子里，智允穿着飘逸的连衣裙，站在客厅俯视着汉江，用意大利语唱着普契尼的歌剧。

“吃饭吧，还剩好多呢。”

敏雅为了转移话题而说的这句话似乎惹怒了智允。下一秒，炖土豆飞了过来，酱汁从敏雅的脸颊流下来。餐盘被打翻，被推过来的桌子撞到了敏雅的胸口，火辣辣地疼。智允突然站起来，一边拍打着饭桌，一边哇哇大叫。整个房间都回荡着英文的咒骂声。警报声响起，AI 机器人过来把智允强行带走。敏雅不去看被机器人绑着带走的智允的样子，只是默默地嚼着干巴巴的饭。

在回房间的路上，敏雅呼叫了负责信访的 AI，报告了智允的事情。即使没有信访室，只要用语音呼叫，就会出现 AI 全息图。如果是有助于掌握成员实况的信访，个人的生活评价指数 RU 就会上升。因此，即便是鸡毛蒜皮的小事，也要一一汇报。

RU 不只是单纯的生活评价指数，还可以像现金一样使用，所以提升 RU 指数非常重要。但 Unit D 的成员连这个都不愿努力去做，只有暮气沉沉和怨天尤人。

事件受理和确认事实评估很快完成了。空中浮现的虚拟 AI 报告显示，敏雅的生活评价指数上升了 0.03 分。

“敏雅女士很勤劳啊，这样精心地积攒 RU 可不是一件容易的事情。可真是精细入微。”

敏雅觉得 AI 清脆的声音中夹杂着嘲讽。这台老旧的情感型 AI 是 Unit B 捐来的，偶尔会说一些不着边际的话。“它只是个程序罢了”，敏雅想这样安慰自己，却又有种不确定的感觉。到底是信口开河还是有意为之，这种感觉让人不爽。

“敏雅，有客人来了。”

路过的办事员 AI 说道。听到这句话的瞬间，敏雅的心中充满了喜悦。现在，能够给敏雅带来这种心情的，只有那些孩子了。好像所有的慵懒和疲倦都消失了，敏雅一下子变得健步如飞。走廊尽头的房门微微敞开着，一束光从那里透出来。敏雅高兴地推开沉重的房门。

“您回来了？”

阳光下，侑莉和雅仁正望着自己。侑莉背对着光坐着，雅仁乖巧地站着，他们注视着敏雅，美好得像一幅画。

敏雅把分发的玫瑰花茶包放入旧茶杯中，再倒进热水。孩子们的到来，似乎让原本暗淡无光的房间变得绚烂夺目。侑莉小心翼翼地接过热茶，她穿着粉色圆领T恤，上边勾勒着金色的线条。大波浪卷发一直垂到腰间，在阳光下变成了灰褐色。雅仁的眼睛长得如新月一般，总让人联想到夜晚的大海。敏雅非常在意自己不时散发出的体味，所幸的是，孩子们似乎并不放在心上。

“上次教堂的故事太有趣了，让人兴奋得都睡不着觉。”

侑莉还没有喝上一口茶，就迫不及待地说起来。这就是青春的气息，开门见山，直奔主题。

“您后来又见过那个在街边塔罗牌店遇到的男人吗？说‘如果是命运的话，就复合’的那个男人。因为一直想象着之后发生的故事，太激动了，那天晚上都没睡着觉。”

“别催了，奶奶该吓到了。”雅仁微笑着责怪侑莉，之后又用自己的语言说了些什么。听完后，侑莉的眼神闪烁，表情似乎有些犹豫。孩子们的发音就像是在舌头上放了一个热土豆，那种不停滚动的声音，还有“嗒嗒嗒”的有短暂停顿的紧音。

孩子们的语言对敏雅来说，像是听不懂的音乐一般。侑莉用简单几句话回复雅仁以后，便目光炯炯地注视着敏雅。

“但我还是想听，奶奶的爱情故事太有意思了。”

侑莉很喜欢听敏雅的故事。每当侑莉认真地倾听时，雅仁则会安静细致地整理房间。孩子们过来的时候，这个小房间是完全属于敏雅的空间。有种主人招待客人的感觉，好像自己还算是一个重要的人。这是孩子们给敏雅带来的喜悦。

在敏雅的故事中，侑莉最喜欢的是爱情故事。哪怕同样的故事讲好几遍，她都不觉得厌烦。敏雅也曾有过这样的年华，认为如果没有爱情，人生就毫无意义，所以经常把自己经历的几段恋爱编织成故事讲出来。故事的结尾总是那么美好，没有背叛，没有卑劣，也没有糟糕的人际关系。敏雅的爱情充满戏剧性，如命运般开始，又在结束时留下余韵。在岁月中自然地流逝，像消失在地平线下的红日一般。爱情这东西，总是逝去的更美丽，至少故事中的爱情应该如此。就这样，敏雅又开始了今天的故事。

“于是，我登上了圣家族大教堂灰色的台阶。那天的人出奇地少。你相信吗，本来是人满为患的观光地，但奇怪的是，那天基本上没什么人。狭窄的台阶上只有我站在那里。沿着旋转的阶梯向上走的时候，感觉像身处转着纺车的魔女的房间一般，前方是一眼望不到头的台阶。但是到了阶梯的尽头，我眼前呈现出一片美丽的风景。那里，他就站在那里。”

敏雅的眼前浮现出竣工很久的圣家族大教堂和像蜗牛壳一样蜿蜒上升的螺旋形楼梯。那是青涩的、无比闪耀的美好年代。那张脸如此清晰，如春风一般，既理性又温柔。与他在一起的夜晚，如同白昼一般明亮，浪漫而又富有激情。那个奇妙的男人，说自己是多国混血，是个没有国籍的人……敏雅长出了一口气，直到现在，她依然能够清晰地感受到他的呼吸。

沉浸在梦境中的敏雅，看到侑莉身后正擦着玻璃窗的雅仁，突然觉得这个孩子和记忆中的那个男人很像，意识一下子被拉回了现实。其实，她连那个男人的名字都记不清了。这时，她突然觉得，已是满头白发、两眼浑浊的自己还在谈论爱情，可真是太贪婪了。

雅仁擦着玻璃窗，发出咯吱咯吱的声音。这是双层玻璃，中间是空的。窗子之所以看着模糊，可能是夹在其中的灰尘所致。敏雅觉得，现在的自己就像这怎么擦都擦不亮的玻璃窗一样。敏雅沉醉在自己的故事中，没注意侑莉正在打哈欠。虽然眼睛看起来炯炯有神，好像在聚精会神地听着，但也许那只是困倦的表情。雅仁脸上时常挂着的微笑也不见了。敏雅赶忙结束了自己的故事。敏雅一直相信这些孩子跟自己有深厚的情谊，难道这都是错觉？

侑莉和雅仁是负责在 Unit 打扫卫生和陪老人聊天的福利伙伴，能够代替 AI，而且还是二十多岁的孩子。对老人们来说，能够有这样的见面机会很难得。福利伙伴需要通过申请进行匹配，但仅仅是申请程序就要消耗很多 RU，而且成功的概率非常低。特别是在 Unit D 中，几乎没有匹配成功的先例。因此，大部分成员将本来就不足的 RU 用于购买零食或生活用品。敏雅不一样，她花费了高额的 RU 去申请，经过漫长的等待之后，终于和这些孩子建立了联系。为了获得机会，必须果断投资。在经历过人生的跌宕起伏之后，敏雅觉得即使现在只是 Unit D 的成员，也应该这样生活。机会能够创造机会。而且在这个毫无生机的地方，敏雅无论如何都要寻找机会。

谁敢想象会有这样的世界？谁又能预测到，在短短几十年时间里，移民人数急剧增加，韩国的单一民族文化会彻底崩溃呢？其实这也不是无法预见的未来，只是在满怀忧虑地预测的同时，并不想真的会有这么一天罢了。就比如在移民政策失败的国家，一旦提到其他民族，大家就会强烈地否定和反对。他们以为坚持反对，就能够阻止现实的发生。反正现在大部分人都是这样的，更别提久远的过去了。

是从什么时候开始的呢？可能是从敏雅头顶上冒出白头发时开始的吧。低生育率问题已经不能仅靠本国国民来解决了，又不能放任不管，所以只剩下一个方法：政府为了预防大幅下跌的出生率所带来的危害，不顾国民的强烈反对，推行移民接收政策，各国移民如潮水般涌入。在尚未适应新政策，具体的社会对策又未出台之时，这个小国家陷入了前所未有的混乱之中。曾经由单一民族支配的文化，就这样变成了多人种、多阶层的熙熙攘攘之地。正如这个国家一直以来那样，所有的变化都在一夜之间。

如果是年轻的时候，看到报纸上这样的文章会作何感想呢？也许是嘲笑，也许是不相信，短暂的担心之后，便会回到日常生活中吧。未来总是超乎想象，而又在眨眼间变成现实。这个时候回过头来，会发现过去是那么愚蠢和天真。

侑莉和雅仁都出生在这个国家，从未去过自己的祖国。事实上，这些孩子所谓的祖国，基本上已经从地图上消失了。所以，他们虽然分明是这个国家的国民，但家中依然保留着原国家的文化，家族的语言也得以稳固地传承。这些孩子跨越了国界，就这样生活着。从一百五十年前开始，在欧洲和美国就发生了这样的事情。但对敏雅来说，自己的国家发生这样的变化，有时还是让她感觉很陌生。

“大概收拾一下就休息吧，不用那么费心……”

敏雅看着把毛巾叠得整整齐齐的雅仁说道。雅仁面带微笑，继续固执地忙碌着。这个孩子虽然没有侑莉那么随和，却是个实在的孩子。

“奶奶喜欢我们，我们很开心，但隔壁的奶奶却不是这样。”侑莉说道。

“是吗？”

敏雅只是轻轻地反问了一下，雅仁便停下了手上的活儿，纤细的眉微微一皱。

“是的，每次来的时候都会碰到她。她会突然出现，叫嚷着要把我们这些家伙都赶出去，让我们滚蛋，诅咒我们，还威胁我们，说要告发我们。可我们什么错都没有啊。她是怎么老成那个样子的？人老了以后都会变成那样吗？”

也许是太兴奋了，所以话说完以后，雅仁也没有意识到自已的表现可能会失礼。敏雅强颜欢笑，希望房间内的气氛不要太尴尬。

“谁都不知道老了以后会怎样，因为除了变老以外，什么都无法确定。你们见到的奶奶也一样，她的名字叫智允，但谁也不叫她的名字。智允曾经拥有过很多，但是现在都失去了，就像她不知不觉间消失的名字一样。”

敏雅说着说着就对智允产生了同情，这种同情心很快又悄悄地变成了自豪感。这么看的话，跟失去很多的智允相比，失去较少的自己应该算是好的了。敏雅忘记了她们同为 Unit D 成员的现实，暂时陷入了这样的思绪之中。而此时，孩子们又开始用自己的语言说话，因为这次对话的时间较长，敏雅不得不默默地等了许久。

“奶奶，您的梦想是什么？”

雅仁突然问道。这个问题从雅仁的口中蹦出来，有种莫名其妙的感觉。

“啊，我是说，您做了什么梦？”雅仁改口说，“您不是说最近经常做梦嘛。”

确实如此。刚刚步入老年时，睡眠减少了，但不知从何时起，睡眠又开始逐渐增多。睡觉的时候，敏雅的脑海中会浮现出各种形象和人物。从睡梦中醒来的瞬间，总是有种朦胧感，也许是因为梦还没有做完，紧紧地抓住睡意不放。不过，梦中的情景几乎都记不起来了，只有一些碎片般的记忆，像褪了色的照片一样，在脑海中时隐时现。睡眠增多，是不是意味着离死亡越来越近了呢？死亡，人生的尽头。事实上，死亡才是敏雅心中暗藏的梦想。

当然，年轻时也曾想过死亡。想逃离现实的时候、在极度绝望的瞬间，像所有人一样，敏雅也本能地想过死亡。但是不同于过去，现在对敏雅来说，死亡不是逃避，而是真正的夙愿和恳切的期盼。

没有什么比死亡更能暴露阶层了。从遥远的过去开始，死亡就是展示阶层的手段。现代社会依然如此，死亡的方式也得到了进化，出现了一些前所未有的类型。

最高阶层的人们，在肉体消亡以后，依然可以储存数据化的大脑信息。当伦理问题解决以后，人体的全部数据就可以像USB 一样插入他人体内，这样便可以通过更换肉体得到永生。值得庆幸的是，在二十一世纪后半叶的现在，这一领域依然属于未来。此时最普遍的死亡是 MO，也就是一度被称为“安乐死”的死亡方式。二十世纪中叶以后，这种所有人都曾梦想的最有尊严的死亡方式，开始逐渐普遍化。[1]

当然，MO 也需要一定的金钱，或是得到家人的同意。名义上的理由是人权，但无论是过去还是现在，人权这一概念的死角地带太大，为了人权而最终导致人权被践踏的情况时有发生。独居老人的安乐死程序非常烦琐，因为没有人能够证明，这个人的死亡不是精心策划的谋杀。不符合审核要求、没有行政费用和家人的孤寡老人，都不能享受 MO 这样的人道主义死亡优惠政策，只能等待传统的死亡。所谓的传统死亡，只不过说起来好听罢了，实际上就是最原始的死亡。被收容在 Unit F 中的人们，每天目睹着肉体的消亡，最终丑恶地死去。这种死法在人类历史中占据了很大一部分，但这并不会让现代社会中的人们感到安慰。

事实上，敏雅知道，政府对独居老人实施强力管控 MO 的政策是为了稳固支撑国家经济的支柱。只有老人们不死去，坚持活着，Unit 才能运转，体制也才能得以保留。死亡就是经济。照这样下去，敏雅也许不久后会进入只有最底层保护设施的 Unit

① 此为虚构情节，事实上安乐死并未普及。

F。那儿只有没有意识的重度失智老人、病人以及在其他 Unit 惹事的人。那里的生活，敏雅想都不愿去想。当然也有其他选择，比如在街上流浪。但露宿街头的生活是非常危险的，跟过去完全不一样。贫民窟存在已久，那里的人们往往以险恶的方式来泄愤，而且对象几乎都是年老的女性。因此，在目前的情况下，敏雅是不可能离开 Unit 的。每天都在苦苦地煎熬着，敏雅的生活也终将坠落到最底层。看着自己在岁月面前渐渐地被吞噬，她却没有勇气结束生命，真是无比悲痛。

但是，不能对孩子们说梦想就是死亡。在竭尽所能走完自己的一生之后，才可以说这样的话。

“听奶奶的故事，有一种梦境般的感觉，所以有时会很羡慕。感觉我们好像已经被剥夺了梦想。”侑莉说道。

“我们就像是漂泊在岛上的流浪者。曾经相信自己的梦想很简单：成为一个普普通通的正常的社会人，上学，工作挣钱，过安分知足的生活；但是感觉刚要接近梦想的瞬间，它又跑远了。梦想依旧在那里，若隐若现，好像触手可及。”雅仁接着说道。

“为什么要这么想？只要年轻，什么都可以做。”敏雅说道。虽然是出自真心，但不知怎的，这句话似乎刺激到了雅仁。

“奶奶，您不会真这么想吧？”雅仁冷笑了一声，提高了嗓门。刚刚还平静的脸上瞬间掠过憎恶之意。紧接着，这个孩子的话就如洪水般涌出：满怀激情奔赴这个国家的父母、自己始终无法被主流接纳的成长期、仍处在无形的阶层边缘的现在、即将被机器取代的未来……

敏雅望着眼前的两个孩子——每天在不安中奉献着青春的孩子们。他们小时候所受到的羞辱、面对歧视时无可奈何的记忆、除了装聋作哑没有其他办法来保护自己的那种绝望。对于这些，敏雅非常清楚。但是，她一边点头装作认真倾听，一边在思考着别的事情。年轻本身不就代表着生命吗？我要是还年轻的话，什么都能做……

侑莉好像察觉了敏雅的想法，呆呆地凝视着敏雅。

“最让人郁闷的是那些认为年轻就什么都能做的大人。青春就像无用的外壳，我倒希望身体变老。像现在这样没有一丝希望，只能在漫长的岁月中煎熬，这比绝望还要痛苦。”

曾几何时，敏雅听到长辈们说一些不理解自己内心的话时，也会愤怒得发抖，也会抱怨自己无法拥有而他们所拥有的东西。但一切只是徒劳，随着青春渐渐远去，她开始意识到，那些所谓的不幸都是自己的贪念。就这样，敏雅变成了自己曾经憎恶的大人的模样。换句话说，理解以前所不能理解的，变老就是这样一个过程。

敏雅静静地低下头，看到自己颤抖的手。一双皱巴巴的手，总是不受大脑控制地随意颤抖。敏雅重新抬起头来，侑莉温柔地握住了她的手，那触感温暖而湿润。不管是敏雅，还是眼前的两个年轻人，都只不过是漂泊在外的异乡人罢了。突然，一股莫名的悲伤涌上心头，敏雅说出了埋藏心中许久的秘密。

“那时只有风景很美。”

敏雅喃喃自语。后面的故事并不是爱情故事。她毫无头绪地倾吐着那些从未给孩子们讲过的冷漠无情的故事。在异国他乡受到的种族歧视、作为女性遭受的羞辱、在工作岗位上受到的委屈……这些都是因为不正当的身份而遭遇的真实故事。但即便深陷绝望之中，眼前的风景依然美得不可思议。其中有听到“黄种荡妇”这种辱骂的异国景区，还有升职失败后，偷偷躲到紧急出口哭泣时窗外冰冷的城市全景。也许，敏雅就是在这些风景中找到了希望，那种对生活从未放弃的希望。然而，在 Unit D，敏雅再也看不到任何美景了。

敏雅的故事结束了。不知不觉间，人工太阳变成了橘黄色，告知此时已是傍晚。在灰蒙蒙的空气中，敏雅面前坐着的侑莉和雅仁的轮廓也因为逆光变得暗淡。

“第一次听奶奶讲这些，我以为您是和我们完全不同的人呢。”雅仁说道。

“没错，您就像我们的家人，在某些方面。”侑莉静静地补充道。

听到这句话，敏雅满是皱纹的后背起了鸡皮疙瘩。“家人”，也许最终就是想听到这个吧。之前欣然消耗掉那么多 RU，还有每当孩子们到来时都激动得心跳加速，究其原因，也是为了这个吧。

并不奢盼成为真正的家人，家庭代理担保就足够了。那样的话，敏雅就能获得 MO 资格。如果家庭代理担保合同成立，孩子们也能从中受益，会获得现在无法比拟的福利，像贷款、医疗服务、提供居住场所等。通过彼此融合，换句话说，就是通过组成类似家庭的团体获得利益。或许，孩子们也想要这些呢？那么这话该从何说起？

满怀希望的敏雅突然听到一阵狂乱的敲门声，好像要把门拆了一样。接着，智允尖锐刺耳的声音响彻走廊。

因为你们，你们把一切都拿走了，所以我才变成了现在这样！

都是因为你们！

耳边回荡着震耳欲聋的怪叫声和持续不断的拍打声，破旧的铁门微微晃动着。然后，所有的声音一瞬间都消失了。房内一片寂静，显得更加昏暗。侑莉和雅仁的表情也是如此。

“不要被吓到，因为有心病了才会这样。”敏雅像辩解一般说道。

“刚才也闹事了，一天居然闹了两次，看来被强行转到 Unit F 的可能性更大了。”

“像这样疯癫的老人，连 Unit F 都不配。其实 Unit 的存在本身就是……”

像被中断的歌曲一样，侑莉停止了讲话。

“奶奶，您和那位奶奶不一样吧？”雅仁沉着冷静地询问。

“什么？”面对雅仁陌生的语气和意想不到的问题，敏雅反问道。

“不一样，奶奶当然和她不一样，这可是敏雅奶奶啊。”侑莉好像在安慰对方，声音却颤抖着。

“嗯，不一样，当然不一样。”

敏雅的回答连自己听起来都觉得恳切。但是话还没说完，孩子们又开始用他们的语言对话了，这次的声音更大，更嘈杂。陌生的语言像洪水一样灌满了房间。敏雅不知不觉间被挤出对话，呆呆地坐在影子里。他们互相传递着别人难以解读的信息，谈了很长一段时间，让敏雅感觉无法一直安静地等待。敏雅能明白的，只有他们的笑声和窥探自己的视线，尴尬变成了一种羞耻，羞耻又迅速转化成愤恨。敏雅微微抬眼，偷偷地看着孩子们，注视着他们那说出刺耳语言的傲慢的嘴唇。敏雅从一开始就讨厌这些孩子的语言，他们发声的方式和语调令人难以忍受。明明是自己的房间，但孩子们的语言让她有种被排挤的感觉，让她无比憎恶。刚才智允的喊叫声一直回荡在耳边，就像回音一样，一瞬间好像有无数人在呼喊。

从人们张大的嘴巴里发出的呐喊声，犹如震耳欲聋的欢迎声一般，将敏雅紧紧地包围。敏雅站在飘扬的旗帜下。是最后一段爱情失败之后吗，还是丢掉工作彻底丧失了存在感之后呢，敏雅的人生开始走向衰落。那个时候，虽然人生遭遇了背叛，她依然充满期待。但孤独和不安像雪球一样越滚越大，让敏雅的内心充满敌意。敏雅两眼发红，高声呐喊："国家不能被侵占，财产不能被夺走。"广场上挤满了人，大家异口同声地喊着口号，跟刚才智允喊的内容并无二致。或许，当时身边给她递水的就是智允呢。

"奶奶。"

侑莉叫了敏雅一声，目光真挚而又深邃。

"我有话要跟您说。我们纠结了很久，但奶奶是个好人，所以我想告诉您。"

好像心思被发现了似的，敏雅慌忙回过神来。侑莉正望着自己，比任何时候都和善、亲切。

"今天应该是跟奶奶最后一次见面了，不久前我们接到通知，说以后不用再来了。所以说我们失去了现在的工作。其实，我们能去工作的地方并不多。Unit 的老人们都喜欢血统纯正的本国国民，所以当时跟奶奶匹配成功的时候，我们特别开心。但是，现在我们的工作丢了，就在一夜之间。"

"所以我们刚才在商量该怎么告诉您这件事。"雅仁说道。

"虽然名义上这么说，但我们知道，这就是一堵无形的墙。不过不用担心，这次我们不会善罢甘休的。今晚，我们会到广场上聚集，要求废除 Unit。”

侑莉说话的样子很陌生，敏雅忍不住追问：

“那是什么意思？”

“跟奶奶说这些，真的很抱歉。但是很明显，这个时代的老人才是享受最多的人群。他们没有羁绊，没有束缚，尽情地享受着生活。他们对本应该承担的责任视而不见，把一切都推给了我们。绝大多数人将纯粹的本国国民身份作为引以为豪的资本，歧视辱骂别人，不懂得感恩，认为年轻一代就应该靠自己。而所有的一切，都归因于他们没有自己的孩子。我们的父母、爷爷奶奶认为自己是接受了合法的邀请，来解决这个国家的问题，不，是来帮助这个国家。但是您看，几十年过去了，什么都没有改变，而且还在朝着不好的方向发展。”侑莉激愤地叹了一口气。

“Unit 的存在需要太多的税款。您看，本应该用于后代的税款，现在正浪费在那些不知道什么时候会死去的人身上。请您不要误会，不只是移民，年轻人也是同样的想法。不，反而是纯粹的本国国民更不掩饰这种想法。”

雅仁嗤笑着说道。

“也许我们会第一次以年轻人的名义团结起来。虽然废除

Unit 的主张以前就存在，但是我们一直保持中立，因为这是充满爱的工作。但现在不一样了，愤怒的朋友们会攻击并毁掉 Unit。安保最松懈的 Unit 会成为攻击的目标。奶奶待的这个地方说不定也有危险。我们觉得敏雅奶奶至少应该知道这些，所以就告诉您了。”

孩子们口里说出的故事过于生动详细。

对 Unit 逐渐扩大的规模和数量的担忧，是长期以来的社会问题。但是，敏雅即使隐约听到这种新闻，也会故意回避，装作没听到。因为最想从这个有名无实的庭院、从这个复杂纷乱如地狱般的迷宫中逃离的人，就是敏雅自己。但是侑莉和雅仁所了解的 Unit，只是被那些衰老的人占据的傲慢的王宫。虽然其中也有像敏雅和智允这样被排挤的人，但在别人看来，仅凭“王宫”和“宏大”这两个理由，就足以让人想把它推翻。

敏雅嘴角抽动着，但什么话也说不出来。虽然有很多话想说，但不知道该从何说起，该如何说。年轻时的苦闷与绝望所致的无数次放弃、那个时候的社会，还有上一代人所留下的印迹和羁绊，敏雅都想解释一番，但是说这些又似乎毫无意义。敏雅知道，就像过去的自己完全不认同上一代所说的话一样，这些孩子也是如此。

“对我们来说，只有奶奶像家人一样。即使以后再也无法见面，您的好，我们永远也都会记在心里。”

侑莉补充道，目光中带着真诚的歉意和感激。

“我们还有一点时间，所以请您最后再给我们讲个故事吧。精彩的爱情故事，能够让人忘记现实的美好故事。”

敏雅慢慢地开口了。虽然希望渺茫、计划崩塌，但敏雅还能够讲故事。已经记不清的昨晚的梦，她开始慢慢地编织：似曾相识的美丽晚霞、不知从哪里听来的神秘的故事碎片，将这些像织布一样编织在一起。被渲染上光芒的过去、灿烂而永恒的幸福，敏雅将这些娓娓道来。这样的故事，敏雅可以一直讲下去。

别人家

眯着眼睛看着照进屋内的阳光。墙上一片片漂亮的三角形光斑，就像阳光洒在海面上，绚烂地闪烁着。这是阳光透过百叶窗的缝隙照到墙上的图案。褪了色的蓝百叶窗又破又旧，平时是不愿意多看一眼的，唯有正午的这束光总让我心动不已。独自一人的白天，林东赫[1]的钢琴曲 *La Valse* 让整个房间充满了激情。虽然是三年前买的旧智能手机，也无法掩盖他那魔鬼般的才华，以及艺术家桀骜不驯的年轻灵魂。我不停地感叹着，端着咖啡走向客厅。明亮的阳光与窗外阴郁的后山形成鲜明的

① 林东赫，韩国钢琴演奏家。

对比，营造出一种充满光辉的凄凉感。风景、阳光、音乐，还有孤独的我，非常完美。虽然有时也会陷入绝望和悲观的泥沼苦苦挣扎，但生活在世间还是值得的……

还没回过神来，我就马上竖起了耳朵。让人扫兴的声音瞬间毁掉了这一切。无论噪音有多大，即使还伴着林东赫敲击琴键的动感旋律，那撕裂灵魂的尖锐的开门声依然成功地钻了进来，得意地炫耀着。我像深夜听到枪声的野生动物一般，一口气跑回房间，在门锁打开前好不容易成功关上房门。427，851，2891，337，像鼓掌一样有规律的节奏，这应该是希振。在听到第八个数字时，我已经气喘吁吁地倚靠在房门上。一瞬间，我的空间只剩下家里的四分之一。原以为今天的平静可以维持得久一些，但我想错了。希振走进卫生间，一边洗手，一边时不时地发出打嗝的声音，他毫无防备的状态让我深深吸了一口气，慢慢地平静下来。

从卫生间出来，希振嗵嗵地朝着冰箱走去。其实我一次也没有喊过他“希振”这个名字。这个名字让我想起小时候寄宿在我们家的无业游民叔叔，仔细想来，在这个家里，我跟他说话应该是最少的。不过，我在心里常常用“希振”来称呼他，因为这是他作为网络漫画家的笔名，也是他的本名。不幸的是，比起画画，他在用声音体现自己的存在感方面好像更有天赋。即使是想象力贫乏的我，听到他发出的声音，眼前也能清晰地浮现出他所有的行动。那些场面真是令人不爽，不必一一介绍，用“最让人不快的声音”就能形容一切。从紧闭的门缝中挤进来的声音让人无法容忍。他从冰箱里拿出香蕉吃的样子，即使不看，也完全能想象到那个画面。香蕉和嘴巴里的口水混合在一起，那黏液所发出的声音，像是用最大的音量给嘴巴一个特写。啊，这毫无意义的画面。这时才会真切地感受到，这栋房子的确太老了。虽然表面上看似光鲜，但我们的空间就像是用薄薄的马粪纸隔开的一般。

就这样，下午的美好因希振的登场而落幕。现在，如果不是必须出去的话，我打算一直待在这个房间。即使有点闷，我也要在自己的房间里。书桌、迷你书架、简易衣柜、朝阳的大窗户、可以透进适当阳光的百叶窗、女王标准的柔软大床和旁边的床头柜，我最爱的私有财产迷你冰箱，还有最重要的——盼望已久的卫生间。当然，我对自己的行动和声音很小心。只有家里没人的时候，我才会摘掉耳机听音乐，使用卫生间的时候也肯定要冲水。共同生活中避免尴尬的最有效的方法就是尽量减少声音，最大程度地隐藏自己的存在。与其说是关照别人，更多的是不想成为跟其他房客同类的人。

到了晚上，另一个人物开始登场。她缓慢地打开门，用小心翼翼却又神经质的步伐直接向冰箱走去。对，是在华姐。她在市民团体工作，虽然我跟她说过几句话，但也不能说跟这位姐姐关系很好。在华姐看了看冰箱里的东西，开始发出嘟嘟囔囔的声音，这时令人厌倦的紧张感又向我袭来。“呼——”在华姐吐出一口气，大步流星地走开，发出咚咚咚的脚步声，我预感到一场小战争即将开始，该来的终究还是会来的！不过，今天在华姐敲打希振的房门之前，我成功地将蓝牙耳机插到耳朵里并打开了 YouTube。预告片已经有了，正片就省略吧。

即使不看正片，接下来发生的事情也是显而易见的。两个人的争吵主要以希振开头、在华姐反击的形式展开。场所是希振的房间前，内容大部分是关于冰箱食物的放置或卫生间的清洁等。在华姐像机关枪一样嗒嗒嗒地扫射完毕后，走回自己的房间——希振房间的对面，砰的一声关上房门，战争结束。今天的导火索应该是刚才希振偷吃了在华姐的香蕉。

看着他们俩，会觉得至于为这点小事争吵吗，但想想大学毕业后在考试院的生活，这也是可以理解的。如果我也住在门厅卧室，估计也会发生类似的争吵。这样想着，越发觉得我房间的迷你冰箱又暖心又讨人喜爱。这里和考试院相似，彼此会有磕碰摩擦，但在房间里就不一样了。我的房间是内室，与希振和在华姐对门设计的门厅卧室有着本质的不同。所以，我现在的心情可以用“仓廪实而知礼节”来形容吧，或者说“环境塑造人”更恰当一些？

确认两人都进了房间以后，我蹑手蹑脚地走出来，因为我的迷你无花果派还放在客厅的冰箱里，忘记拿回来了。像在华姐那样，把食物放在那么明显的地方，然后去怪罪别人，这可不够英明。能不动声色地捞到好处才是最明智的。我的无花果派用黑色的塑料袋包着，藏在辣椒酱桶后面，别人还以为是妈妈寄来的放了很久的大酱。我小心翼翼地拿着派，瞅了一眼客厅奇怪的风景。冰箱的旁边圈了一张小小的网，里面有一张桌子和一个沙发。那里是顺利先生的地盘，就是收我房租的人。

顺利先生的本名是载旭，但我在心里还是称他顺利先生，这是最初认识他时他的ID。他这个人怎么说呢，是个非常复杂的人物，一句话很难形容。

当我拿着派要转身的瞬间，突然看到桌子下面伸出一只胳膊。随着胳膊的动作，顺利先生从桌子下面钻出来，好像睡得很香似的，伸着懒腰，睡眼惺忪地看着我。我以为家里一整天都没有人，难道他一直都在这里？那么，我不自觉地跟着林东赫的钢琴曲的旋律哼唱，还有开着门冲马桶的声音，全都被这个人听到了？我全身像僵住了一样，动弹不得。就在那一瞬间，酷酷电饭锅恰到好处地喷出蒸汽声，就如同我肆无忌惮的尖叫一般。

第一次见顺利先生的地方很奇怪。不，也许当时发生在我身上的事情都很奇怪。那些倒霉的事用一句话概括，就是跟男朋友分手、被公司炒鱿鱼、住的地方涨房租被赶出来。当时所经历的感情低谷，与其再回想一遍，倒不如这样简单概括，也有助于我的精神健康。

不管怎样，在当时曲折和彷徨的旋涡中，找房 App 上介绍的新村的一个星巴克成了我的救命稻草。虽然那个帖子散发的气息很是可疑，但房子太有诱惑力，我忍不住要去看看。商谈费用是五千韩币，这部分钱由我来出，作为了解房源信息的费用。我前面已经有四个人在等候了，发帖子的人跟我背靠背地坐着，看不到彼此的脸。转过身的应试者们也都戴着口罩，脸被遮挡着，他们好像也很庆幸这一点。

面试本身很平常，只是简单介绍一下个人情况，并出示存折余额。顺利先生用手机简单记录了我口述的内容，而需要确认的存折余额信息，他也只是远远地扫了一眼手机屏幕。所以没有必要担心个人信息泄露，这一点倒是让人安心。这么不靠谱的面试却人满为患，原因就是一个帖子——一个 ID 为“顺利先生”的人寻找共同租用公寓的房客。照片中的房子是一个建在高高山坡上的公寓，虽然房龄已经三十年了，但是内部十分干净，位于市中心。最重要的是价格非常合理，甚至可以说便宜得有些离谱。介绍中说了，目的不在于赚钱，而是为了打造一个由年轻人构成的有品味的共同生活体。此外也是因为集体中有一员离开，需要再补充一名。竞争率高自然是有理由的。

“能去看一下房子吗？”

“第一次面试通过的话就可以。”

对于我鼓足勇气提出的问题，顺利先生回答得很冷淡，但很明朗。虽然这次面试是为了先确认个人信息，然后再看房，他却表现得志在必得。他看起来跟我年龄相仿，身材矮小，穿着褐色格子裤和灰色的马甲，过分纤细的手指让人联想到汉塞尔[①]为了欺骗巫婆而伸出铁栅栏的签子。

几天后我又接到电话，再次见到他的地方是公寓的门厅前。

---

①《格林童话》中《汉塞尔和格莱特》的主人公。

因为没有抱什么期待，接到电话的时候还是很意外的。毕竟不是通过正规途径找的房子，心里总觉得有点别扭，不知道该不该去。但是，在坐地铁前往目的地的路上，我的想法已经改变了。除了一眼望不到头的弯弯曲曲的山坡，其他的都很棒，公寓离车站很近，而且是住宅小区，管理也很好，附近还有星巴克和电影院。也就是常说的穿着拖鞋随便出门就能吃好、喝好、玩好的好地段。进入小区的瞬间，我便开始心跳加速，当电梯到达十七层，我就像即将迈入婚礼殿堂的新娘一样，无比激动。顺利先生在门口迎接我，像五星级酒店门前动作娴熟的服务生，他迅速打开卧室的房门，闪到一边。

进入卧室前需要通过一条狭窄的走廊。卧室里空荡荡的，只有一张靠窗摆放的大床。阳光可以透过窗户一直照到卫生间前，所以卫生间一点也不潮湿。如果房间空着，其他房客应该也可以使用卫生间，但是完全没有用过的痕迹，连马桶里的水都很浅。

“这个卫生间没人用吗？”

“其他房客的合同中是不包括这一项内容的。您是知道的，资本主义嘛。”

顺利先生笑着说。这句话与他的微笑形成对比，虽然语气很冷淡，但明亮的阳光消除了这种感觉。他自己也严格遵守这一规定，真是让人意外。当看到窗外的风景，我的心就如同春雪消融，柔软而又湿润，飘舞着美丽的樱花。心里好像有人在喊：想在人生路上铺满鲜花，就要勇敢迈出第一步！在那个声音消失之前，我宣布当场就签约。本想马上把五十万韩元的定金打到银行，但顺利先生摸着下巴，好像突然想起什么似的。

“啊，对了。我有件事要说一下，是关于这个房间以前的房客。我之前告诉您是搬走了，其实是自杀了。”

“什么？”我停下了按汇款键的手，没有再追问。觉察到我慌张的眼神，顺利先生的态度反而变得傲慢起来。

“其实不告诉您也没关系。不是‘在’这个房间发生的事情。是在这个房间‘住过的’人回到老家后发生的事情。小区里连一辆救护车都没来过。怕以后您知道的话，心里不舒服，所以才告诉您。”

“啊，嗯……”

“如果需要考虑的话，再给您点时间？”

我点了点头。但是顺利先生不到五分钟就回来了，问是否做出了决定。我的脑子还是一团乱麻。

“请问，除了我以外，您还联系别人了吗？”

“没有。不过很多人都在等着我联系吧。我觉得时妍小姐应该是最随和、最正常的人，所以第一个联系了您。”

如果在平时，这种评价应该会让我反感，现在却成了对我的夸赞，真不知道应该如何反应。

“不用担心。如果不满意的话，我还可以联系别人。”

没有时间了，我开始焦躁起来。为了不表现出窘迫的样子，我环视了一下房间。看房就是一种心理作用在作怪。这样的价格不可能找到这种位置、这种级别的房子，想着这些，心情变得越发急切。这么体面的公寓，位于首尔市中心，还有独立的卫生间。连阳台门窗外传来的洗衣机震动的噪音都非常生动。从阳台门进出的话，可以不用碰到任何人就能解决洗衣问题——非常完美的私人空间。而且，这里的月租跟市场价相比，相当于大促销一般。这样的房子，必须尽快击退其他平平无奇的竞争者！

“我签！”

我怀着赌徒般的心情，按下了汇款键。顺利先生向我介绍其他房客的身份、特点以及共同生活中要注意的事项时，我依然因为自己的冒险行为心怦怦直跳。出门前，我问他：

“那您住哪个房间呢？”

顺利先生有点吞吞吐吐地回答：

“我呢，客厅和阳台。阳台中间有中门挡着，不用担心隐私。”

我突然想起来，刚刚只关注卧室了，客厅和阳台还都没仔细看过。那里非常宽敞，可以作为一个单独居住的空间。像是要打断我的遐想，顺利先生小声说出最后一个注意事项。

“请不要对其他的房客说房租的事。房间最大，价格却最便宜。因为再怎么说迷信之类，这也不符合资本收益和人类的心理。”

顺利先生很认真地讲述着，深一句浅一句的，这让我好像又听到了刚才那句话，“您是知道的，资本主义嘛”，像回声一样。我礼貌地点了点头。不管怎么说，他是收我房租的人。

我对这里的生活环境大体上是满意的。因为这与借住在朋友家看脸色过日子和在考试院的生活不能同日而语，不管是在质量上还是在心理上。

狭小的空间会吃人。四面的墙向中间扑来，房间里如同监狱一般，与重力相比，孤独感更沉重地将我拽向地板。失去对话功能的嘴巴只有在想吃东西的时候才发挥它的作用，这让我感受到良心的谴责。从肚子里冒出的饥饿感，就如同我人生的味道一般。

而这里不同。这里不是宿舍，而真的是一个“家”。考试院里隔壁的噪音是让人神经紧张的干扰，而从一个家里传来的噪音却是生活的声音。虽然每天匆忙关上房门，不想与别人碰面，但我依然有种归属感——一个不怎么令人喜欢却可以称为“共同体”的集体，至少可以提供抵挡孤独的温暖和声音。市中心的位置、宽敞的房间、便捷的设施更是令人越回想越欣慰。

再见了，那些阴森的日子！

家，我终于拥有了一个家。

仔细想一想，和男朋友退婚也是因为家。他被调到地方上，我们就变成了异地恋，尽管那两年我们比任何人都相爱。矛盾不是因为距离，而是因为我们没有一起生活的空间。天空下的任何一栋房子，我们都买不起。我们咬紧牙关在苦恼中挣扎，但每周都在上涨的房价一点点地摧毁我们的梦想。男朋友觉得继续这样下去是没意义的，他建议跟自己的父母一起生活，这样的话所有的问题都可以迎刃而解。只是暂时的，只是刚开始几年。

我不相信这样的话。我不能开始这样的生活，不想让自己生活在适应和顺从中。我们之间的争论渐渐地脱离了本质，世界逐渐扭曲了我们的视线。争论的最终结果是，一个自私的现代女人和一个落后于时代的令人心寒的韩国男人。我们就这样变成了陌生人。表面上是因为触碰到了彼此不该触及的自尊心，实际上却是因为在这个灯火辉煌、人情冷漠的城市中，没有我们的安身之处。

抛开苦涩的过往，我又重新站在起跑线上。当然，虽然这里只是整体空间的四分之一，却足以让我的梦想再次绽放。在这里生活后，我又找到了人生的方向和目标。总有一天，我要拥有一整套这样的房子。不是四分之一的空间，而是完全属于我，能够体现我的价值的房子。

我偶尔会想起曾住在这个房间里的人。是男人还是女人，多大年纪，做什么工作，这些我都故意没有问，还拜托了顺利先生，千万不要说有关那个人的信息。我不想具体地联想，也不想无端地因为发现我们的共同点而感伤。

尽管如此，到了下雨天或是某个寂寞的深夜，我还是会突然想起在这个房间里游荡的灵魂。那个人的灵魂好像就在某个角落看着我。每当这时，我都会在被恐惧侵袭之前尽快让自己冷静下来，然后不停地安慰自己，反正我们都是站在别人的墓地上，地球本身就是一个巨大的公墓，生活本来就是在这个公墓上不断循环的结果。如果说人生是站在逝者的坟墓上，那位逝者不过是不久前曾跟我处在同一个空间的人罢了。

当然，这种自我安慰有明显的局限性。确切地说，当我身边的一切都变成一种日常后，我开始感受到与人交往的压力。所以，在具体掌握在华姐和希振的特征、了解他们之间不和谐的关系之后，我也尽量不露面。为了做到这一点，我掌握了他们的行动方式和时间。但是完全不碰面很难。有一天，在华姐来敲我的门，还提出了令人为难的请求。

在华姐胖嘟嘟却粗糙的脸上带着似笑非笑的表情，手里端着装有曲奇饼干的盘子。也许因为那个下午正好低血糖，我毫无防备。不知不觉间，在华姐竟坐在我的房间里和我面对面地分享茶点了。我本该更敏锐地意识到，这种毫无意义的闲聊只是为了打探个人信息，亲切的视线只是要窥探我的房间。但是两瓶啤酒喝完以后，我还是没明白在华姐的意图，直到她开口说话。

“是这样，我有话要说……”

“什么，姐姐？”

“我可以用卫生间吗？”

“当然，去吧。”

但不知为什么，在华姐没有动，只是紧紧地盯着我的眼睛。这时我才明白，在华姐所说的并不是使用一次，而是要一直使用。在漫长的沉默中，在华姐用充满说服力的深邃的眼神向我请求着什么。

虽然有些尴尬，但可以充分理解她的理由。和希振、顺利先生共用一个卫生间，想想都觉得可怕。也许这段时间我回避与在华姐单独相处，就是为了避免今天这样的局面。

我也不知道自己要说什么，开口说道：

“那个，姐姐。”

但是在华姐肯定早已做足了准备。她急忙打断我的话，好像怕被夺取先机。

“我知道有困难。我也知道卫生间是你单独签约的。但是你想象过跟男人共用卫生间有多不方便吗？我每天早上都要下楼到管理事务所用那里的卫生间。”

在华姐抽了一下鼻子。我点头表示理解，内心却在拒绝。冷酷一点想，那是在华姐本人要承担的事情。在华姐又吸了一下鼻子。幸好不是声泪俱下，只是单纯地吸鼻涕。

“我给钱。用一次五十元。洗澡的话按照时间计算，或者按月交钱也行。”

我快速地把在华姐话里的场景在脑海中勾画了一遍。无论怎样，我都没有勇气做到每小时为在华姐开一次门，为了她的一百元硬币当啷当啷地找零钱；也没有信心为了这些提前去准备好硬币，或者每月收一次“卫生间费用”的汇款。不，我不想那样。顾不上多想，我嘴里就蹦出了这样的话：

“不好意思，姐姐。其实我有病。”

“什么病？”

听了我的话，在华姐惊慌地询问，但从我的表情中好像已经看到了答案。我的眼神告诉她，是不想和她共用卫生间的病。之后就是长时间的沉默，那天的茶点就这样尴尬地结束了。

但是，我想错了。第二天房门前放着一瓶自制柠檬茶，还有一张纸条，写着“有助于消化和恢复元气”。我怀着和柠檬茶的重量一样沉重的心情，把它放到在华姐的房前，并附上一张纸条：

姐姐对不起。昨天我说有病是骗人的。虽然姐姐可能会感到很受伤，但比起被欺骗还是好一些。我想在生活中充分享有自己的权利。按照约定好的，我支付了多少费用，就享有多少权利。我不想怀着愧疚感生活，也不想虚伪地掩盖这一事实。真的很对不起，写下这种道歉的话。虽然很抱歉，但我不想对不起你。对不起啦，姐姐。

我把最后一句话“对不起啦，姐姐”擦掉了，然后把前面的内容用便条贴重新写了一遍。新的便条贴比之前的要小，所以地方不够。就这样，相同的内容反复写了好几次，最终贴到在华姐门前纸条上的字，是我最近写得最好的一次。后来我们之间再也没有发生什么不愉快的事情，也不再有茶点和自制柠檬茶之类的往来。

但是几天后希振和在华姐的战争开始了，让我如坐针毡。那天，围绕着卫生（马桶盖上的污物）、领域（快递箱子的位置）和违反食品管理法（敞着口的泡菜）而展开的争斗格外激烈。哐的一声，希振一脚踹开门出去了。

过了一会儿，我悄悄打开门，想把晚饭要吃的冷冻意大利面热一下。刚才肚子就开始咕噜噜叫了，得快点填饱肚子。但没想到的是，在华姐竟然在厨房站着。她盯着我，眼神足有百万伏，我像只电烤鸡一样僵住了。她从我身边走过，一阵冷风掠过，我分明听到她嘴里骂着："浑蛋，脏死了，没法住了！"直到她进屋后狠狠地摔上门，我还双手紧紧地抓着冷冻意大利面，尴尬地估量着我在这次事件中所起的作用。

"不要太在意。生活本来就是这样。各自谋生罢了。"

空中响起的声音好像说出了我的心声，就像幻听一般。我抬起头来，顺利先生正坐在客厅的角落里，盯着笔记本电脑的屏幕。跟那些话相比，他沉浸在电脑画面中的样子让我不得不怀疑自己的眼睛。顺利先生终于把头转过来，他的脸因为屏幕发出的光和日光灯的照射，一边是红的，一边是苍白的。

"如果不喜欢，就没有必要把自己装扮成一个多面人，活出自我的人才能生存下来。"

他喃喃自语，好像知道在华姐和我之间的事似的。我对顺利先生的了解是有限的：因为觉得在公司工作没有前途，他每天待在家里看股票行情，成了一名专业的投资者。虽然不知道能赚多少钱，但他生活的基准就是节省和赚钱。所以，夏天他在阳台搭帐篷，冬天就睡在桌子底下。这就是我对他全部的了解。他的眼睛总是红到充血，嘴唇发青，就像股票曲线图的颜色一样。

本来这套房子是顺利先生和他堂哥一起用全租房[①]的形式租下来的。因为房东不打算在这里住，一开始就找了能够居住六年以上的房客。可是哥哥回老家去了，他就开始考虑如何更好地利用这处空房子，然后突发奇想，把剩下的房子以低价租出去。这样就出现了房客的房客，我就是其中之一。我们必须遵守法律的规定，但世界允许的范围太窄，甚至还在逐渐缩小。我和在华姐、希振只能蜷缩在这个微妙的界限边缘获得温暖。所以我们必须配合和协助构建这一体系的投资者顺利先生。

“股市还好吧？”

好像应该说点什么，我就随口问了一句。

“努力干呗。为了目标。”

“目标？”

“对，买像这样的房子。”

他的眼神闪闪发光，那一刻，我身上起了鸡皮疙瘩。我比任何人都能理解他的梦想，但确信他绝对实现不了这一目标。这种确信同时也变成了自愧不如的感觉。对一切都充满自信的人都无法实现，那么我又能做到吗？看着他显示屏上的蓝色和

① 即向房东交付一定金额的押金，在一定时间内获得房屋免费使用权，期满还房时全额退还押金的租房模式。

波浪曲线图，我有些恍惚。那些被兑换成比特币的钱，能否在红色的太阳下、在翻涌的碧波上平安无事地漂流，不遭遇风险？经历失败之后短暂成功，之后等来的会不会是永无止境的坠落呢？

此后的生活平静了一段时间。希振和在华姐之间保持着距离，我的卫生间还是我自己的空间。这种不便从另一方面来说也是一种方便。我一边在英语幼儿园担任咨询教师，一边准备招聘考试，除此之外也没有别的出路了。传染病蔓延，课程改为网络授课，但也许是因为大的连锁学院的实力，我的工作没有中断，工资虽然稍有点拖欠，但并没有减少。对比周围恶劣的环境，我的处境已经算是好的了。但是不知为何，我每天都在勉强支撑着，有种一点点被现实淘汰的感觉。空荡荡的补习班里，电话那头一整天都是退款的事。做完网课的咨询以后，我感觉我的生活只是在艰难地原地踏步，拼命地辗压着自己的身体。我安慰自己，这样已经很满足了，但脚下的世界变化太快，原地踏步就等于倒退，这种不安如同巨浪一般向我涌来。每到这种时候，我那设施齐全的房间就变得微不足道。墙壁还是墙壁，但这种想法让我无法入眠。我真的还能再向前一步吗？

我被无边无际的思绪吞噬着。就这样，在某个该交房费的周末的早晨，顺利先生在群里发布了一条公告：注意，因更换热水器，房东将来视察。准备召开全体会议。

“不久前，热水器不是出故障了嘛。我跟房东联系了一下，他说修理没问题，不过明天要过来看一下。”

我们围桌而坐，听顺利先生说着。我们钻空子非法租房的事情绝对不能被发现。问题是房东来的时候，会发现房子看起来不像是两个男人住的。所以，在房东到访之前，我们需要拟订一个对策。经过讨论，我们编写了这样一个剧本：

哥哥回老家了，顺利先生就让亲姐姐过来一起住。希振的房间被用作储藏间，里屋充当顺利先生的卧室，他按照自己的风格布置好房间。当天，只有顺利先生留下，我们三个都撤走。

在华姐在这部剧中扮演顺利先生的姐姐，她的房间没有任何问题。希振的房间作为储藏室看起来也没什么大问题。第一次进他的房间，感觉就像是一个极简主义者的房间一样，只有一张桌子和一把椅子，连常见的漫画书都看不到几本。

“之前什么都有，也收集了很多没用的东西，没有任何意义。所以，除了数字化的东西以外，其他的都扔掉了。现在也是，每天扔掉五种东西，我觉得是很重要的程序。哪天就算一个人空手离开也无所谓，我想要这样的生活。”

我审视着自己的房间，希振的话在耳边嗡嗡作响。

关键是，我的房间马上要正式成为顺利先生的房间了。可不管谁看，都会觉得这是一个女人的房间，而且一点点买进来的东西太多了。

雄心勃勃购买的玫瑰金色迷你冰箱、隔板上的保温杯，还有从各处收集的各种明星周边，看到这些，希振开始数落我。

“还真是要过日子啊！好看的垃圾也不少。”

如果能干脆扔掉的话就简单了。把行李先搬出来，再调整布局，这项工作着实不容易，从白天一直持续到深夜。我、顺利先生还有希振搬东西的时候，在华姐靠在自己的房门口，双手抱在胸前。我努力不去在意她那一脸活该的表情，这种屈辱只有一天而已，我怀着这种信念忍受着。但是我的东西比想象的要多，不管怎么费劲，有一部分东西还是装不进希振的房间。

“明天早上再整理吧，该扔的就扔了。或者把一些零碎的东西先暂时放到在华的房间里。”

希振不耐烦地说着。在华姐好像就等着这句话呢，紧接着回答：

“啊，这有点困难！”

她嘴角带着微笑，像是在说“厚颜无耻的家伙，让你也尝尝是什么滋味”。我像是没听到她的话，摆手说不需要。换个立场，考虑到卫生间事件，这也算不上冷酷无情。只是和希振说的不同，在我看来，这里面没有一样是需要扔掉的。这些东西虽然在别人眼里都是杂物，却是我好不容易攒下的资产，我把它们一件件地装进方便面箱子里。包括我唯一的奢侈品——限量版星巴克保温杯二十个。我把箱子搬到一层扔生活家电的地方。

“虽然很想帮你，但如果不小心碰坏了，彼此追究责任，到时候又麻烦，所以还是你自己搬吧。”

搬迷你冰箱的时候，顺利先生用稍微上扬、看似真诚的语调对我说。就这样，我一个人吭哧吭哧地把冰箱搬了下去。我用手撑着酸痛的腰，找到保安大叔，反复叮嘱他先不要碰，明天就会贴上回收贴纸。我又送给大叔一箱宝佳士饮料，拜托他也转告一下明天值班的保安大叔。第二天等房东一走，我再搬回去就可以了。

因为提前把活儿都干了，房东来的那天就不用忙活了。我们从早上开始就打开门通风换气，在华姐到处喷着除味喷雾。现在我们撤出去，剩下的事情就交给顺利先生了。可问题出现了，房东比预定的时间提早到了。本来说是午饭后才来，可门铃响的时候刚刚十一点半。顺利先生一边敲着每一个房门，一边悄悄地说：

“快到客厅集合！装作过来玩的样子，像朋友一样。”

我们迅速跑到客厅集合。紧接着，看起来接近四十岁的男房东走进来，他的突然到访让所有人都手足无措。他看着我们，一脸意外的表情。顺利先生镇定自若地向他介绍道：

“这位是我姐姐。他们是我姐姐的朋友。”

突然变成顺利先生亲姐姐的在华姐，还有在华姐的朋友们——我和希振挤出笑容，把脸扭到一边，以免被看出端倪。房东放下一个装着橘子的黑色塑料袋，跟顺利先生一起走到厨房的阳台检查热水器。他爽快地答应帮着修理，很宽容大度的样子。对话似乎马上就结束了。但事情都讲完后，不知为什么，房东好像并没有要走的意思，呆呆地站着。

“好久没来了，我看一下房子吧。”

顺利先生点点头，房东开始仔细地检查家里的每一个角落，像个研究员一样。他走进希振的房间，说储藏室比想象的要干净，还旁敲侧击地指出储藏室匆忙建成的细节。在我的房间里，他用鼻子使劲闻了闻，摇着头说有香水的味道。不知道是他有动物般灵敏的嗅觉，还是我们紧急调整的布局太拙劣。总之，这种意料之外的状况让我紧张得太阳穴直冒冷汗。

“如今的社会，朋友们还能这样聚在一起玩，真好啊。住得还好吗？”

房东走到桌子旁，翻开塑料袋，拿起一个橘子说道。当然，他的问题只是针对他的正式房客顺利先生。“是，挺好的。”顺利先生像换了个人似的，面带微笑，表现出我们从未见过的房客式的恭谦。房东漫不经心地瞅了一眼手机，然后开口说道：

“那个，本来应该提前说的……”

他的话还没说完，门铃就响了。房东像脚底抹油一般，飞快地跑去开门，紧接着进来一位中年妇女和一对像是夫妻的三十来岁的男女。房间里顿时挤满了八个人。

“哎呦喂，早知道有这么多人，那就以后再来好了。”

那位戴着口罩的五十来岁的阿姨笑眯眯地说，声音很有活力。跟在后面的夫妇一跨过门槛就开始四处张望。我们很快就明白了他们到访的目的。这些不速之客是来看房子的。那位阿姨介绍着每一处的优点，像是自己的房子一样。这个时候，房东把顺利先生拉到一边的角落，继续说下去：

“真抱歉，应该提前通知您的。我想把房子卖出去。”

“什么？”

顺利先生好像完全没有意料到。这句反问充满了强烈的抗议，好像在质问“哪有这样的事”。

“我想正好趁着要修热水器来看一下，听说现在很多房客不愿意让人看房子，这样两件事一起办挺好的。因为是交了押金的，您可以一直安稳地住到合同到期。虽然不知道能不能再延长，不过先不用太担心。”

房东拍了拍顺利先生的肩膀，然后向中介阿姨和客人走去，嘴里不停地称赞房子的采光非常艺术。这些人走了后，房东开始剥第三个橘子吃。这时候门铃又响了，第二拨人来了。

“可能因为房客都是年轻人，房间保持得很干净。”

中介阿姨打开了话匣子，滔滔不绝地介绍起来。

“单身的年轻人租住的房子比较好。养宠物的、有孩子的，都比较麻烦。猫啊、狗啊，把壁纸都挠破了，孩子在墙上乱写乱画，那可够瞧的。这里就不会。等以后想全租出去的时候都不需要装修，多值啊。”

中介一边鼓吹说房东买了这房子后就好运连连，一边展开心理战术，说第一拨人对房子很满意。那对新婚夫妇进来的时候还一副不冷不热的样子，听了这话以后，突然提起了兴趣，眼睛都开始放光了。

最后一位访客是个二十来岁的男人，说是替住在地方上的父母看房，用视频通话的方式仔细地拍摄着房屋的每一个角落。每当他用来向父母汇报情况的手机的角度变化时，我们就像被光照到的蟑螂一样，一会儿贴在这边的墙上，一会儿又靠在那边的墙上。

三拨人都走了以后，房间里一片慵懒的寂静。空气中飘起的浮尘似乎都肉眼可见。房东回头看了看我们，为没有提前通知而给我们造成的麻烦再次道歉，然后开始主动讲述自己的故事。

"为了买这房子，我吃了很多苦。因为需要贷很多款，刚开始我是反对的。现在想想也觉得很冒险。如果不是我老婆坚持，我是不会干的。不过也算是万幸。有了利用这处房子攒下的资金，这次才能顺利贷款入住新公寓。虽然这里一次也没住过，但每次想起来都非常感谢。"

他说着，猛地低下了头。

房东继续激动地说着，我们冷淡的表情好像对他毫无影响。当他还想再说些什么的时候，电话铃响了。房东一边说着"好，好"，一边对着空气弯腰。行了几次礼后，他突然挺直腰板挠了挠头。是有人在询问价格协商到多少合适。紧接着，另一个中介打来电话说有两家联系，房东的声音又开始充满活力。看来三家之间有分歧。房东连招呼都没打，就出去了。他最后在电话里说了一句，现在先不给账号，价格要比第一次提出的再高一些。这是他们之间展开的一场无形的竞争。换句话说，谁将成为房子的新主人这种事，是跟我们毫不相干的另一个世界的事情。

“明天再整理吧？”

希振无精打采地问道。橘子皮散落在桌子上，闷热的空气中散发着陌生人的脚臭味。我不同意。即使拼尽全力，我也要让一切回归原位——如果有“原位”这种说法的话。只有这样，我们所做的无用功的痕迹才能被抹去。把塞满储藏室的东西搬出来，拆封整理，就像搬到另一个房间住一样。整理完这些行李，我到一层取保温杯箱子和迷你冰箱，但是应该待在原地的东西不见了，只有一个镜子破裂的旧衣柜孤零零地立着，一扇门敞开着。我赶忙跑去保安室询问冰箱的下落。保安大叔漠不关心地说：

“被别人拿走了。本来还想着为什么扔掉呢，看着还挺好的。正好有人留意到，我就让他赶快拿走了。旁边的箱子也打开看了，说有很多能用的杯子，就一起拿走了。”

“什么？住哪个房间的人？”

“那不知道。男的，还是女的，戴着帽子，还有口罩，脸也没看清楚。姑娘你正好省下了回收贴的钱，这不正好嘛。谢谢你送的宝佳士啊。”

我已经没有力气去追究了，匆匆叹了口气，筋疲力尽地回家了。连确认监控录像要回东西的想法也推迟到了明天。大家的门都关着，很安静。也许都在房间里谋划着各自未知的未来吧。顺利先生一个人坐在客厅里，他的面前堆满了橘子皮。

“好吃吗？”

我无精打采地问了一句，他看起来好像完全没有受到心理上的打击。

“不，太难吃了。但是橘子看着不太好了，我想在烂掉之前吃了。放着的话会烂掉，进了肚子就会变成营养。所以先储存起来也不错，为了将来。”

他那愚蠢至极的固执真令人心寒。而就在这一瞬间，我的心中突然蹦出一个大大的叹号。用即将腐烂的橘子填饱肚子，只是无知和愚蠢的行为吗？到了明天，或者真有一天饿肚子的时候，再回想起今天的场景，会不会觉得顺利先生的人生观很明智呢?

我急忙回到自己的房间。人生就像挂在绳子末端的玩偶一样，与意志无关，随性地摆动着。合同上写着顺利先生的全租房期限是四个月后到期。当时是坚信可以长期租赁才入住的，但情况也完全有可能发生变化。现在这根绳子将由新房东握着，由他来决定我的命运。还能继续住在这里吗?虽然有时也想摆脱这种生活，但并不想就这样被赶出去。我突然觉得肩膀很沉重，好像曾住在这个房间里的人就踩在我的肩上一样。我不知道那个人的性别、年龄，对他的生活一无所知。那人低着头，在我眼前笼罩上一层漆黑的阴影。

我靠在窗户上，越过被黑暗淹没的草丛看向远方。密密麻麻的灯光中，楼房星罗棋布，各自散发着光芒。那些复杂的人际关系，就像链条一样纠缠在一起。也曾绞尽脑汁思考自己的位置，但我的最佳选择只是茫然地站着，把这一瞬间忘掉，让它成为遥远的过去。我祈祷着，希望肩膀上的沉重感只是肌肉的疲劳，希望绝望的影子不要向我袭来，希望不要被不幸和忧郁的恶臭浸染，希望能够像房东说的那样，住进这个房子以后就会一切顺利!

箱子里的男人

我生活在箱子里。紧闭的箱子里很安全。我藏在箱子里，注视并观察着这个世界，看自己想看的，如果感到不舒服就把眼睛紧紧闭上。听了我这些话，哥哥露出了浅浅的微笑，也许不是微笑。从哥哥的表情中很难看出他的心情，他那几乎僵硬的脸上，如果说有表情的话，也只是一边的嘴角不自然地向上提起罢了。而且哥哥……算了。详细地介绍他，不管是对我还是对哥哥而言，都不是一件开心的事情。我能说的是，哥哥并不是从一开始就是这种表情。

哥哥曾经拥有比任何人都响亮的嗓音，总是带着朝阳般明亮的微笑。哥哥之所以变成现在这个样子，就是因为他不小心跑到了箱子外面。因此，我必须要坚持留在箱子里。谁也进不来，我也不会随便出去，这里既安全又平静。

当然，我并不是要过与世隔绝的生活。我有正儿八经的工作，每天都跟人打交道。我会跟同事们一起抱怨装卸工作的辛苦，也会在乘坐电梯的时候，为远处蹒跚而来的老奶奶打开即将关闭的电梯门。偶尔，我也会跟领取物品的人简单打个招呼。但是，这些都仅限于基本的礼仪。

因为如果不那么做，就会收到一些差评，而这些一点点累积的不满和投诉，不管以什么样的方式，都会给我带来危害。掌握基本的礼仪和社会常识，偶尔要忍受委屈，即使吃点亏也要默默地承受。像我一样的劳动者们为了生计，只能进行这样无言的斗争。

当然，也会有忍无可忍的时候。因为地址输入错误而造成的麻烦，或是因为派送延误而索取的赔偿，这些都不算什么，最糟糕的情况是跟对方面对面发生冲突。

有一次是和一个让我把沉重的矿泉水搬到家里的爷爷发生争执。那天的天气很热，被汗水浸透的衬衫湿漉漉地紧贴在我的后背上，搬运的矿泉水堆放在一起，像山一样。老爷爷猛地把门拉开，语气生硬地命令我把水搬到玄关里面去。如果他不是一开始就这么咄咄逼人，说不定我会改变想法。但是我当时忍无可忍，呵斥老人不该这样不由分说、毫无礼貌地指使别人，并声明工作手册上没有把物品搬到客户家中的规定，但他还是蛮不讲理。我努力保持冷静的语气，但得到的回应只有不堪入耳的谩骂和对我工作的歧视，还有关门时咣的一声巨响。豆大的汗水顺着太阳穴流下来，我猛地握紧了拳头，没有多加思考，就开始用拳头狠狠地敲打门板。哐哐哐哐，生锈的铁门发出咯吱咯吱的声响，像恶犬的吠叫声一样，响彻楼道。我抑制不住心中的愤怒，任凭它不断蔓延。门后的老人没有任何声响。真是万幸。如果门打开了，也许我会立马挥上一拳，然后丢了工作，就会更加憎恶自己和这个世界。

幸运的是，后来我跟客人碰面的机会少了，在工作中需要交流的情况也越来越少。我的工作简单了许多，大部分时间不需要跟客人碰面，只要把箱子搬到紧闭的门前即可。工作单调又辛苦，但从某种意义上来讲，这很符合我的世界观——紧闭的门前摆放的箱子。不需要彼此碰面，也不需要知道箱子里都装了些什么。这个工作中最重要的事情是确保物品安全送达。安全是我人生的座右铭，这也是我想生活在箱子里的原因。

有时候我去公园走走，那里经常有孩子跑来跑去。当我安静地坐在长椅上时，偶尔有小孩子在我面前摔倒。那时候，我就想伸出手把孩子扶起来，像哥哥一样，这也是我的本能。但是我并没有伸手，我拼命地控制着自己的身体，不让手伸出去。像不能挥起拳头伤害别人一样，伸手去帮助别人也不可以。我不会伸手帮助任何人。这个苦涩的习惯，是生活教会我的。

我并不是一开始就以这种方式生活的。如果不是因为哥哥，现在一切可能都是另外一种模样。哥哥曾经像我世界中的一束光，是我一直想要追赶的对象。但无论我怎么努力，始终都望尘莫及。即使这样，哥哥也一直是我的骄傲和坚实的后盾。我跟哥哥不像，这一点不知道是祝福，还是诅咒。

我天生柔弱又消极。哥哥跟我不一样，不管什么事情都做得很好，不管去哪里都很受欢迎。哥哥的身体非常健硕，但他从不显摆也不夸耀，为人直率又洒脱。但这只是过去的哥哥。现在的哥哥躺在一个昏暗的六人间病房里，每天只能望着天花板，需要我每两周去义务地探视一次。他的时间已经停止了十二年。

那个残酷的夜晚，如果我和哥哥在一起的话，我能拦住他吗？如果我伸出像被戴上手铐一样的、被我内心束缚的双手，是否就能阻止他盲目地奔向命运的脚步？如果可以的话，哥哥现在应该也是有说有笑，步伐坚定又有力。

当时我们住在一个陈旧的公寓里，位于又高又陡的山坡上。跟正门比起来，从侧门通行会更快一些，那个门就在住宅区之间，很早就有了。但是那个地方人迹罕至，主要用来停放私人货车或是出租车。那条路又长又陡，所以在拉完手刹之后，一定要在车轮后面放上一块石头挡着，这样才算安全。

那天晚上，哥哥喝完酒回家。坡顶像往常一样停着一辆蓝色货车。哥哥当时站在路口，想抽根烟，正在口袋里翻找着，突然听到旁边的胡同里传来吵架的声音。一对年轻夫妻在路灯下争吵着，声音越来越大，看样子这场争执不会很快结束。他们旁边有一个大概三四岁的孩子，正在踉踉跄跄地穿过马路，而只顾着吵架的夫妻俩完全没有注意到。

哥哥把拿出的烟又重新放回去，想着还是回避一下比较好。他正准备离开时，突然有种无法形容的预感。哥哥眨了眨眼，紧紧地闭上眼睛又突然睁开——本不该移动的背景正在变换。开始还怀疑是喝酒太多产生的幻觉，但哥哥马上清醒过来。货车正在慢慢地、非常缓慢地向下滑。本应该挡在车轮后面的石头不见了。夫妻俩完全没注意到，只顾着互相指责，大声争吵。而此时，孩子正蹲坐在货车将要滑向的地方，用石头敲打着地面。

本来缓慢移动的货车，突然加速了，像一团蓝色的火焰，开始飞速地冲向坡地。哥哥来不及思考，就像闪电一样把孩子狠狠地推到一边。而下一秒，哥哥就消失在了货车下面。直到那个时候，夫妻俩才停止争吵，一头雾水地转头看向那可怕的声音传来的方向。

哥哥的故事登上了新闻和报纸，那对吵架的夫妻也接受了采访，但不知为何他们的脸上都打了马赛克。孩子只是胳膊上受了点伤，没有其他问题。他们很恭敬地说着感谢的话，但我却从中感受到了冷漠。哥哥获得了勇敢市民奖，而颁奖仪式只能由我替他参加。当我接过从区长手里递来的金奖牌时，浑身莫名地起了鸡皮疙瘩。这个时候，哥哥正遍体鳞伤地躺在医院的病床上。记者们毫无礼貌地把话筒推到哥哥面前，哥哥浑身缠着绷带，口齿不清地说了一句：这只是我应该做的。

时过境迁，哥哥曾经拥有的东西都慢慢地消失了。哥哥的工作、刚抽到没多久的车子、独自一人生活的母亲、马上要结婚的女朋友，还有很多来找过哥哥的人。哥哥苦涩的人生，好像只留下了不幸。而那就是我们的人生。

我偶尔会窥视那对夫妻的生活。事故发生地周边的住宅区已经拆了，那里又建了公寓。那对夫妻在公寓入口的商业街开了一家花店。我在 SNS 上面搜索花店的名字，悄悄地关注他们的生活，这并不是什么困难的事情。他们的生活看起来很和睦，也很富足，充满了开心的笑容：养可爱的宠物、去海外旅行，还有购物的喜悦。给予他们这种生活的人是哥哥，而他的代价却是在那静止的时间里忍受着长满全身的褥疮，毫无意义地呼吸着。

我去过一次他们的花店。空无一人的店里摆放着各种五颜六色的美丽花束，像茂密的丛林一样，让我误以为走进了精灵的花园。那里的花香令人眩晕，我不知所措，只是呆呆地站着。那些花的名字对我来说很陌生——既没有收到过，也没有作为礼物送过别人。

这时，一个瘦瘦的小女孩走进店里，用清亮的声音喊着妈妈。看到小女孩的脸之前，先看到的是她胳膊上那长长的伤疤，像链条一样密密麻麻的褪了色的伤疤是哥哥救她的痕迹，是这个孩子活下来的证据。孩子的视线与我的视线碰到一起，她的银色镜框后露出冷漠的眼神——那是对一切全然不知的眼神，包括她与我的人生有怎样的交集，自己又曾夺走了什么。我逃离了，从那个繁花似锦的地方逃了出来。

我忘不了那天晚上的梦，在百花凋零的花丛中，那些看不清脸的人不停地在哭喊着：

> 谁让你帮忙了吗？不都已经说过很多感谢的话了吗？难道接受过一次帮助，就得一辈子像罪人一样生活吗？我请你帮忙了吗……

受害者只是怨恨加害者。所以，即使哥哥安静地待在那儿，也不会有什么问题。夫妻俩会诅咒那个没有把手刹拉上去的货车司机，而不会去怪罪哥哥。因为他们自己也有过错。当然，他们已经感谢了哥哥，但是哥哥收获感谢的代价太过惨痛。说这是自己应该做的？撒谎。那只是自欺欺人罢了，如果不那么说，只能让自己崩溃。在深夜里，我曾无数次目睹哥哥因为痛苦和悔恨发出的哭喊。

人们总是轻易地忘掉感激之情。说一句“谢谢”，感慨一声“万幸”，然后就像什么都不曾发生过一般，回到日常的生活中。

很长一段时间，我一直对此事怀恨于心。然而，随着时间的流逝，我的想法开始逐渐倾向于合理化。既然人们很容易忘记感激之情，那方法很简单，只要不做让别人感谢的事情就好了。如果有谁做了让我感谢的事情，那对我来说反而更危险，损失更大。所以一定要铭记于心：绝对，绝对不要多管闲事。

就算经历了圣诞前夜的那件事，我也没有改变自己的想法。

临近长假，那天从凌晨便开始下雪，积雪让我的工作更加辛苦。第二天就是圣诞节了，这也令我无比烦躁。雪路上所有的车辆都在龟速前进，虽然不停地传来喇叭声，但也无济于事。屋漏偏逢连夜雨，早上发动机发出呼噜呼噜的奇怪声音，我刚把车停到应急车道，车胎就扑哧一声漏气了，现在完全动弹不了。

我给总公司的领班发了短信，他回消息说手册上规定这种情况属于自然灾害所致，问题不大。看到他的短信，我紧绷的身体才开始放松下来。保险公司那边说，因为路况原因，他们可能晚一点才能到达，但是我的心情已经轻松了许多。因为不管多么着急，也不用再奔向下一个目的地了。

透过车窗可以看到被大雪覆盖的清溪川。街道就像被白色的漆刷过一般，变成了另一番景象，连周边的噪音也好像被白色的雪花吸收掉了。好久没有这么用心地去感受天气的变化了。以前每次碰到雨雪天气，首先想到的就是派送延误问题。没想到我竟然也有心情欣赏这变了天的城市，还有平安夜的风景。这一刻，世界看起来很美。我打开车门，从车里走了出来。救世军合唱团从路边经过，他们的歌声那么虔诚，那么美好。

餐厅里走出两个女人，看起来像母女俩，一个是身体硬朗的奶奶，一个是留着长发的女人。她们好像忘记了自己是成年人，像孩子一样在雪地里开心地跳来跳去，不停地发出轻快的笑声。是啊，家人就应该是这个样子。我的内心一阵感动，视线紧跟着那两个女人欢快的身影。突然，一个怪异的景象吸引了我的注意：一个男人正逐渐向她们靠近，他的脚步看起来踉踉跄跄，很难分辨是因为雪地太滑，还是故意为之。路上有行人一早就注意到了他，不知为何开始慌乱起来。那一瞬间，我不得不怀疑自己的眼睛——男人手里拿着一把刀。在我发出声音之前，男人已经挥起另一只拿着锤子的手。随着一声惨叫，女人倒在雪地里。这些都只在一瞬间。

我开始感到呼吸困难，手也在不停地发抖。他们离我并不远，如果用步数计算的话，大概也就二十步。但我像雕塑一样，一步也动弹不得。救命！女人呼喊着，但喊声无力地停了下来。白色的雪地上留下一片片红色的印迹。年纪大一点的女人倚靠在餐厅的门上，像是要挡着什么，随即而来的是又一次攻击。在她倒下的红色玻璃门后有一个少年。少年冷漠地站在门内看着这一切，面无表情，神态与那天的场景完全不相符。

那之后的场景我记不太清楚了。凌乱的合唱团歌声吵得耳朵嗡嗡作响，眼前一系列的状况都让人束手无策。在这些发生的过程中，好几次我都感觉到了哥哥的手——哥哥用力推我的手。

但我摇了摇头，两只脚像是埋在了雪堆里一样，站在那里一动也不动。那是我活下去的方法，是我人生的准则，是哥哥留给我的教训。

那天晚上，我摇摇晃晃、精神萎靡地坐到电视机前。一整天都没吃东西了，脑袋晕乎乎的，却感觉不到饿。可怕的一天。

同事帮我把货车开走之后，我作为相关证人去了趟警察局，之后又被分派到了晚班。一天之内发生了太多的事情，真不敢相信明天就是圣诞节。电视里开始报道白天发生的事件，但我马上拔掉了电源。

那之后，我获批了几天的短假，但什么也做不了。想要忘掉的记忆却那么清晰。急切的呼救声、我脚上堆积的雪，还有被血染红的门后那个少年的脸，总是浮现在脑海中。

两天后，我最终还是去了讣告上说的那家举办葬礼的医院。是按照“三日葬”[①]举行共同追悼会的前一天。和我预想的一样，葬礼上的人不多。我带着一种茫然的心情前去哀悼，虽然没有人指责我，但是好像只有这样做，我才能摆脱负罪感。宽敞的空间里充满了沉重而又阴郁的空气，当它接触到我的皮肤时，我发现自己并没有默哀的勇气。和受害者家属待在同一空间，这让我觉得自己非常无耻。我无法承受这种感觉，迅速转身离开。

经过大厅到电梯口等待的时候，我看到旁边长椅子上坐着

① 韩国的一种丧葬习俗，葬礼通常在逝者死后的三天举行，俗称“三日葬”。

一个少年。他穿着黑色的西服，那张稚嫩的脸并不陌生。这是那天看到的红色的门后的孩子，是那个在雪地里失去了母亲和奶奶的孩子。

那个孩子以一种比较端正的姿势坐在那里，双手十指交叉，无力地放在膝盖上，目光注视着前方。第一次看到他如此沉郁的模样。但我马上就明白，这不过是先入为主的想法，是因为他穿着丧服。少年静静地观察着从面前经过的人们。他看着那些在殡仪馆工作的人、哭泣的丧者家属，还有迈着急促的脚步前来吊唁的人。那并不是非要探究什么的眼神，只是深深地注视着每个人，然后在脑海中展开自己的遐想。我被孩子的眼神吸引了，忘记了还要乘坐电梯，慢慢走向那孩子，在离他两个人远的位置上坐下来。

“在看什么呢？”

想着该说些什么，我随口问道。

“人们。”

孩子回答得很简短。

“人们？”

“是的，我很好奇他们都在想些什么。”

孩子突然停了下来。

"奶奶去世了。妈妈虽然还活着，但是也可能会死。即使活下来，也可能不是活着的状态。"

孩子的语气很平静，声音不高也不低。家庭的悲剧就这样从一个十几岁的少年嘴里说出来，语气显得过于冷静。我本想安慰他，但在经历如此巨大变故的孩子面前，我难以开口。

"……很气愤吧？"

"倒也不是。虽然不太理解，但也没有气愤。只是好奇——对这个世界上所发生的事情、人们的反应，以及都是出于什么样的理由……"

孩子为了更准确地表达自己的意思，接着说道：

"还有，当我面对同样的事情时，我会怎么做。本来以为我知道，但突然搞不清楚了。其实，也许从一开始就不知道吧。"

孩子的语调枯燥无味，像是从机器人嘴里说出来的一样。但神奇的是，在那枯燥无味中，我感受到了一丝好奇。不对，与其说是好奇，用求知欲形容似乎更准确一些。但这种好奇心不同于其他孩子对一切事物怀有的兴趣，而更像是学者用冷静的态度来观察世界、分析世界。虽然是在跟我对话，但他更像是通过与我的对话来整理自己的想法。如果能起到这样的作用，我也感到很庆幸。

“叔叔，您知道吗？”

孩子问，我摇了摇头。

“我也一样。我也以为自己很清楚……但就像你说的，事实上，我从一开始就不知道。”

我长长呼了一口气，鼓起勇气说道：

“希望你妈妈快点康复。”

但孩子之后的话却足以让我惊慌失措。

“有件事我真的很好奇，那天你回去之后，有什么变得不一样了吗？”

那个孩子目不转睛地盯着我。难道他知道我当时就在那儿，看到了我一动不动站在那里的样子？这个孩子盯着我的眼神到底有什么含义？是为了指责我吗，还是想试探我的反应？从他的表情中什么都看不出来，这让我感到心慌意乱，难以忍受。我假装接电话，把手机贴到耳朵上站了起来。

这就是我和那个孩子所有的对话。作为一个成年人，甚至作为一个人，我都无法回答孩子的问题。

很久以后，我依然无法忘记那个少年的眼神，还有他那难以理解的表情。也许是因为他并没有要责怪谁，或者要怨恨谁的意图吧。他是真的无法理解，就像在寻找一个谁也回答不了、不可能有回答的答案。每当我想起他的脸，就无比痛苦。

在那之后，我的心里就有了一个秘密。只要想起来，就会让我打冷战的残忍秘密。现在我终于理解了当时在货车急速滑行的瞬间，那对夫妇晚一步回头时的心情——虽然很抱歉，但还是想尽快忘掉的心情。对于某些人，本来至死都不愿意去理解，却发现原来可以理解，这种想法压得我透不过气来。这种苦恼让一直不曾动摇的我极为郁闷。不管是在搬运东西的时候，还是靠着沉重的车子茫然地站在半天没来的电梯前的时候，我一直被这种想法痛苦地折磨着。

新年过后没几天，我就去看望了哥哥。哥哥的脸色看起来更没有生气了。我把保温瓶里的年糕汤捣碎喂进哥哥嘴里，但汤水还是从嘴边流出来。

“哥。”

我轻轻地呼唤着哥哥，好久没这么叫过他了。

“变成这样，你不后悔吗？”

突如其来的提问让哥哥的身体颤动了一下。

“就是，感觉有点对不起你。”

把哥哥的话转换成文字很短，但是他说的时候却用了很长的时间。

“不是让你说对不起，是问你后不后悔。”

我问他。不知为什么，语气中带着些气愤，然后我又问了一个不该问的问题。

“如果重新回到那天，你还会做同样的事情吗？”

哥哥好长时间没有说话。

“这个问题我很难回答，也不能随便回答，不管我怎么回答都会有人痛苦。”

“为什么？”

“因为如果我说还会那样做，就会伤害到你。但如果说不会那么做，我就成了一个卑鄙的人。”

“不是，不是让你说这个。哥，我之前一次都没有问过你，是因为我没有勇气。但是我现在需要知道，也想知道，万一重新回到那天，你会怎么做？”

感觉眼泪已经开始往外涌，但我还是固执地追问。不管怎么样，我今天一定要听到他的回答。我想知道我没能给那个孩子的答案到底是什么。哥哥苦涩地笑了一下。

“是这样的，已经发生的事情没有万一这种说法。那就像是做一个无法负责任的梦一样。但是有一点可以确信，不管怎么做都会有人因此而痛苦。”

哥哥看着我。

“反过来说，也会有人因此而快乐。”

哥哥像梦话一样的回答让我提不起任何兴致，听起来就像在说把黑色的纸翻过来就成了白色的纸。世上发生的无数事情并非都有正确的答案。所以，我决定不再去想这些从年末就开始折磨我的问题，让自己解脱出来。

之后，我便重新开始在箱子里生活。每天搬运箱子，把它们放到紧闭的门前。对我来说，点到点的生活没有任何变化，其间只分为更辛苦一些的日子和能够忍受的日子。这一事实既让我安心，也让我感到空虚。

一年过去了，又到了冬天。一直到十一月，都是异常的高温，感觉像晚秋一样。但一到十二月，就像约定好了一样立马变成了冬天。冷空气突然袭来，从早上开始就浑身冻得僵硬，关节都不灵活了。

本来今天休班，但是同事突然生病，所以我出来替他上班了。虽然距离我负责的地区很远，但派送地的位置都非常熟悉，是我曾经生活过的小区。

车子刚进入小区的入口，我全身的神经就开始紧张起来。在每一条蕴含着我童年记忆的巷子里，一座座公寓就像犬牙一样尖尖地冒了出来。这种感觉像打开了一张陌生的地图，却进入了一个熟知方向的迷宫。这里是我们以前生活过的公寓。通过侧门出去的那条路上，拆掉了之前的住宅区，又盖起了新的公寓。时光流逝，这里也已经不能称为新公寓了。我默默地把车停好，决定只专注于自己的工作。

就这样，我完成了第一栋公寓要派送的工作，正准备去开货车、开始下一栋的工作时，不知道从哪里传来奇怪的声音。刚开始我以为是藏在花坛里的小猫发出的哼唧声，但是在那声音中又夹杂着人的呼吸。我有一种不祥的预感，小心翼翼地走向花坛。天气阴沉沉的，旁边一个人也没有。

那是一条荒弃的小道，通向被堵住的步行街。面前是一个摔倒的年轻女人，在不停地挣扎着。看她旁边散落的塑料瓶和空箱子，应该是扔垃圾的时候摔倒的。女人紧紧地捂着胸口，抖得很厉害。因为痛苦，脸都皱成了一团。“您没事吧？”我用颤抖的声音问，但是她说不出话来。凹陷的眼睛里渐渐失去了光泽，紧接着，下一秒她就完全丧失了意识。

我陷入混乱之中，呆呆地站在那里。在充满灰色光线的空间里，只有我和那个女人。就在那短暂的时间里，我脑海中闪过无数个画面：工作时忍受的无奈的谩骂、被讨厌的事情纠缠时的害怕，还有因为帮助别人时有身体接触反倒被起诉为加害者的证词、圣诞节前夜红色门后的孩子，还有哥哥。

我像石头一样僵硬地站在那里，连给一一九打电话的想法都没有。还不如一开始就没有看到。如果假装没听到、不到这里来的话……我不知不觉开始后退。我很害怕。逃离这里，应该是现在最明智的选择。

突然，我感到身体受到了撞击。有人一把推开我，然后箭一般地飞奔过去，跪坐到女人面前。是一个穿着运动服的小女孩。她将女人的身体放平，解开女人身上开衫的扣子，确认她的呼吸和脉搏，然后把女人的双手交叉放在身前。

“一，二，三，四。一，二，三，四。”

像对口令一样，孩子念咒语般地数着数，按压着女人的胸口。孩子小小的身体里迸发出的力量是恒定而又均匀的。在那无休止的循环中，我感受到了她的坚定和意志。

“打一一九，叔叔！”

女孩大声喊叫着，看都没有看我。她来不及喘息的嗓子里发出嘶哑的声音。

“还有除颤仪，在一〇一栋的邮箱旁边！入口的密码是……”

“我知道，不用说了。”

我已经跑了出去，冲着身后喊。女孩的话让我突然打起了精神，我一边给一一九打电话，一边上气不接下气地跑到一〇一栋的玄关处按着密码。电话接通时，我还不忘告诉他们，这个公寓的一、二号和三、四号是分开的，所以从入口进来的时候，要一直往上走，然后到一个长椅那里左转就行。突然回到这里，难以置信的是我竟还记得一〇一栋的构造和入口密码。

当我把除颤仪交给女孩的时候，她对我说：

“您看到我刚刚怎么做的了吧，现在轮到叔叔了，不能停下来，快点！”

也许是女孩的语气太真挚了，我虽然依旧感到害怕，但当她的手离开那个女人的胸口时，我还是像接力一样开始向下按压。不能太用力，也不能太快，尽可能地按照她给我展示的直角方向。在这期间，女孩打开了除颤仪电源，然后把垫子贴在女人的衣服里面。

“手快拿开，会有危险！”

听到孩子的话，我立马停了下来。孩子深吸了一口气，然后按下了按钮。我身上流着汗，呼吸急促到令人眩晕，但看着女人苍白的脸，我只有一个想法。

希望她可以活下来。希望她可以重新呼吸。虽然我从来都没有见过她，但说不定我曾经把箱子放到过她的家门口。我想把自己现在疯狂跳动的脉搏分给她一些。希望她活下来……

就在那时，女人的身子微弱地动了一下，发出一连串的咳嗽声。这是苏醒的声音！为了让她的血液更好地流通，我不断地用温暖的手揉搓她的手和胳膊。我把自己的外套脱下来，盖在了她的身上。没过多久，救援队员就到了，我向他们说明了情况，剩下的事情就交给他们处理。救援队员把女人抬上担架，说应该已经脱离危险了。这时我才有了回到现实的感觉。

脉搏还在咚咚地跳动着，没有完全平静下来。我环顾四周，却没有看到那个孩子。我微微抬起头，看到女孩正逃命似的往坡下飞奔。我把救护车抛在身后，急忙去追她。

“喂，等一下！”

听到我的叫声，那孩子好像突然停了一下。但她转头看了一眼，反而跑得更快了。我奇怪到底是怎么回事，于是也加速向那个孩子跑去。我跑步的速度也算是快的，但女孩好像在故意气我，跑得飞快，书包在身后丁零当啷地响着。那速度可不是一般的快。

“稍等一下，如果不是逃跑的话，就停一下！”

我又大声喊了一遍，小女孩才放慢了速度。我双手撑着膝盖，累得上气不接下气，而她却一点也不喘。

“您有什么话，请快点讲。我有点忙……”

孩子有点生硬地说道。

“急救队员都来了，你就这么跑了怎么行，最起码要等急救处理都做完之后啊。”

“已经确认过那个姐姐没事了，我应该没必要继续待在那里了。”

刚刚还想溜之大吉，现在却在这里装模作样。

“那也得打个招呼再走吧，毕竟是救命恩人呀。”

“我这么做并不是想听感谢的话，虽然很庆幸她能醒过来。”

孩子一边推了推滑落下来的眼镜一边说着。银色镜框后面，看起来有些冷漠的眼睛里闪烁着明亮的光。这个眼神我好像在哪里见过。先不去想这些，我喃喃自语：

“还挺勇敢的。”

“我就是按照在学校学的那些做的，虽然有一瞬间很害怕，不知道自己做得对不对。我原以为学那些没用，现在看来，任何东西只要学了就会有用处。”

孩子微微笑了笑。

“而且，如果没有叔叔在的话，我自己也很难办。”

看着孩子的笑容，不知为什么我却笑不出来。虽然硬挤出来一点笑容，但并没有笑出声音。我又想起刚才小女孩做心肺复苏的样子——把自己所有的力量都倾注到那即将流逝的生命中的样子。

“我什么也没做，都是你的功劳。”

“叔叔叫了急救车，还把除颤仪拿过来了呀，是我们一起努力的结果。谢谢您啦，叔叔。”

一个不相干的人听另一个不相干的人说着谢谢。而失去意识的女人并不知道是谁为她做了些什么。不过，现在不需要再听当事者说什么感谢的话了，因为我已经很满足了。

“但是，叔叔……”

女孩小心翼翼地叫住我。

“如果可以的话，能不能帮我保守这个秘密呢？如果急救队员或是那个姐姐联系，可不可以别提起我……”

“为什么？”

女孩停顿了一下，不好意思地说道：

“其实我现在应该是在补习班的，这个时间绝对不能出现在这里。如果别人知道的话，我就麻烦了。”

让我做不在场的假证明，这突如其来的请求让我哑口无言。她好像看懂了我的心思，急忙又补充道：

“啊，请您相信我。也不是做什么坏事，只是我想做的和父母期望的有些不一样。所以请帮我保守秘密，好吗？”

孩子双手相握，做出哀求的样子。袖口处露出一道细小的伤痕，那是像铁链一样褪了色的伤疤。我的脑海中突然闪过一个熟悉的场景，虽然没有亲眼见过，却深刻在脑海中的场景——很久前的一个晚上，哥哥和某个孩子相遇的场景。

我呆呆地望着那个伤痕，那是证明有人活下来的痕迹，是有人为此付出生命的证明。也许孩子把我的眼神理解成了默许，扑哧一笑，然后像风一样跑走了。

真的是，跑得飞快啊。

从那以后，我再也没去过那个公寓。那里不是我负责的区域，所以将来也不会有需要到那儿办的事情。那个女人想通过急救队员联系我表达感谢，我只是让他们帮我转达了回话，平安无事就好。其实我还是想说一下那个女孩，但约定就是约定。就这样，那件事成了我和女孩之间的秘密。

或许，我还是会和以前一样，继续做着藏在箱子里安稳度过一生的梦，因为一颗坚硬的成人的心很难再有什么改变。但是，即使我无法远远地向谁伸出援手，大概也有了偶尔松开拳头跟别人握手的勇气。

就像哥哥说的那样，生活会给某些人带来痛苦，也会给某些人带来欢乐。从这个意义上来说，我可能永远也找不到我想要的答案。但唯一可以给我安慰的是，不管是痛苦还是欢乐，都应该不是纯粹的。就像那个女孩永远带着的伤痕一样，就像我们之间共享的秘密和微笑一样。

文学是什么

幽灵

后来，宝拉仅仅碰到过允硕一次。距离那件事发生已经过去了十余年。在大街上，曾经的年轻作家背也弯了，头发也白了不少，一副无精打采的样子，慢吞吞地走在街道上。宝拉突然觉得，他就像个披着被子的幽灵。宝拉不禁打了个寒战，下意识地扭过头去，不想看到那张幽灵般的脸。宝拉希望自己不要像老作家那样被岁月蚕食，在心里默默祈祷着。然而正是这次偶遇，让宝拉决定重新开始写作。

表面的结论

讽刺的是，允硕的作品中，销量最高的就是那部小说。虽然之后允硕也写过不少文章，但再也没有哪一部作品可与之相提并论。允硕偶尔会受噩梦的困扰，而且经常感觉自己再也写不出任何东西了。不过，预感往往不是很准，有时允硕感觉自己连一个字也写不出来，但最终还是写出了点什么。

那件事情以后，允硕的生活表面上看起来没有大的变化。但不同的是，宝拉的人生却因此发生了彻底的改变。那年，宝拉没有考上大学，她无力解释，只能背负着沉重的包袱生活。为了能够从中解脱，宝拉付出了很多努力，最终却让自己身心俱疲。因此她下定决心以后再也不写文章了。正如前面所说的，宝拉做出这一决定，用了近十年的时间。

随着时间的流逝，世间万事都会被岁月风化、侵蚀，逐渐淡出人们的记忆，那件事也是如此。允硕和宝拉都已各自回归生活，两人再也没有见过面。有人认为，因为允硕的地位和名声，事情最终只会向着允硕一方进展。也有人觉得，实际上允硕得到了不少与之相关的“实质性”利益。也有人相信宝拉的纯真，认为是允硕耍心眼、玩手段，利用了当时十来岁少女的纯真之心。只有那些极为严苛或是非常有雅量的人才能结束这种无休止的争论，让话题最终回到原点。他们往往表现出一种极端的态度，要么批判双方都有过错，要么就表示双方都可以理解。从这一点来说，始终坚持不偏不倚、只围绕问题本身得出的表面性结论，从某种意义上来讲与问题的本质是一致的。

葬礼上的经历

宝拉第一次见到允硕是在贤俊的葬礼上，当时还跟他打了招呼。后来，宝拉向允硕提起这件事，允硕的回答自然是完全没有印象了。他的脑海中隐约浮现出一群穿校服的女学生，她们在老师的葬礼上随意地嬉笑打闹，这让允硕很不高兴。但事实上，允硕之所以气愤，并不完全因为这是对去世的朋友贤俊的亵渎，而是出于自己对现实世界无以言表的愤怒。那个时候，允硕被一种不明缘由的怒气和烦躁支配着。

葬礼现场是死者生活状态的一种反映。贤俊的灵堂布置简陋，吊唁者也是寥寥无几。除了家人、三四名教师同事和几个学生外，基本上都是贤俊的大学同学。如果没有不久前的一次同学聚会，恐怕来吊唁的同学也达不到现在的人数。允硕在献花默哀时，心里想着贤俊平淡无奇的一生，还有那令人无语的离奇横祸。当时贤俊正走在街上，楼上的孩子不小心把花盆推了下来，正好砸到了他脑袋上，他当场死亡。听说在出事现场，贤俊手里还拿着要归还图书馆的逾期的图书。就像荒诞剧中的场景一般，既让人感到悲伤，又觉得荒唐可笑。

在葬礼上，允硕默默忍受着同学们向他投来的透着古怪的眼神。虽然没有说话，但允硕相信他们依然对上次聚会时的不愉快耿耿于怀。同学们的议论好像又萦绕在耳边。允硕默默无语地喝着烧酒，又开始后悔当初参加那场聚会。有人走过来跟允硕搭讪，允硕想不起他叫什么名字。虽然并不想搭理他，但当时那种情景，与其沉默不语，还不如敷衍几句更舒服些。允硕这样安慰着自己，勉强微笑着回应了对方。

允硕经常只专注于自己的内心，看不到其他事情。宝拉却不同，她总是用心观察着身边的风景，那些犹如马赛克般绚烂的风景。和一同前来的小伙伴们一样，宝拉也从来没有参加过葬礼。考虑到和贤俊曾有个人间的师生来往，宝拉觉得至少是有过情分，便也来参加了。但让宝拉失望的是，伙伴们好像是来体验一种神奇的活动项目。事实上，孩子们也同样惊慌失措吧。在面容憔悴的死者家属面前，那些大人们故作凝重，但不过几分钟的时间，就开始在席上叫喊着多上点饭菜。一个个面红耳赤，吧唧着嘴，狼吞虎咽地享用着一次性盘子里的汤饭。或许孩子们觉得这些大人的样子太伪善，所以才如此兴奋吧？他们大声地喧闹着，做着夸张的动作。

宝拉让自己平静下来，开始仔细地环顾着四周。早已开裂的墙面、墙缝间布满的霉菌、断断续续的哭声、跟贤俊毫不相干的对于各自生活的探讨、潮乎乎的空气中弥漫的酒气，还有让这些人聚在一起的突发事件——对，是死亡。

宝拉轻轻地吐出“死亡”二字。这两个字中蕴含的沉重的宿命感是无法估量的，自己却这么轻松地说出来，这让她不禁身子微微一颤。就在这一瞬间，她看到了允硕。

那是曾经在书本的勒口处看到过的一张脸。黑白照片中，一张清冷的面孔正望向别处。那时，宝拉还是一名初中生。小说带来的心灵震撼让她不自觉地翻开封面的折页，把书中的主人公和照片中的脸联想在一起。看似平淡无奇的故事，在作者的笔下却变得异常精彩。合上书本，宝拉便渴望马上能读到作者的下一部作品。但是一晃几年过去了，宝拉始终没有见到那位作家的新书问世。有时想起来，宝拉还会翻开那本小说，凝视着照片上的面孔。此刻，那个人就坐在她的旁边聊天。低沉浑厚的嗓音，还有那代表着敏感心性的细长的双手……宝拉静静地聆听着作家的声音，虽然听不到对话的内容。突然，她心中一动，萌生了想获得作家签名的想法。为了记录这珍贵的瞬间，宝拉翻开自己的书包，可偏偏今天书包里就装了几本练习题集。用练习题纸张来签名未免有失体面。因此，宝拉急忙跑到楼上医院的书店，开始到处寻找。医院书店里摆放的大多是能给病人带去希望，或者能供他们轻松消遣的书。宝拉突然发现，有一本书夹在这些书中，显得格格不入。是萨特的《什么是文学？》，宝拉之前也听说过。这本书再合适不过了，既能获得心仪作家的签名，又能显示出自己比同龄人更成熟的、知性的文学少女的一面。

然而，宝拉的愿望终究还是没有实现。等她回到葬礼现场时，允硕正穿鞋准备离开。宝拉害羞地向允硕打了招呼，但是与葬礼现场嘈杂的声音比起来，好不容易从嗓子里挤出的声音小得可怜。允硕虽然与宝拉短暂地对视，但他的目光很快就转移到了宝拉手里拿着的那本书上。他的眼神中充满了不屑，那种与包括宝拉在内的周围的一切格格不入的表情，让宝拉望而却步。允硕离开后，宝拉凝视着允硕坐过的空位子，不由得为自己的行为感到羞愧。刚才完全把死去的贤俊抛诸脑后，这样的自己跟那些狼吞虎咽地喝肉汤的大人有什么区别？宝拉把刚才雄心勃勃买来的书扔进了垃圾桶，然后走了出去。

酒后的闹剧

一直沉默不言的贤俊，眼神突然变得令人生畏。最先察觉这一变化的是允硕。不过，也许当时在座的人都同时感觉到了贤俊的变化，因为贤俊整个人都表现出强烈的反感。

许久未见的大学同学们个个都疲于生计。对即将四十岁、人生过半的他们而言，最关注的莫过于生存问题，也就是金钱、房子、汽车、孩子、股票这些绕不开的话题。允硕与他们不属于同一个世界，是一个彻彻底底的旁观者，注视着他们那庸俗不堪的生活。他为此感到一丝自豪。事实上，允硕之所以去参加同学聚会，也是为了确认这份自豪感。对当时的他而言，就算是这种不起眼的安慰也是迫切需要的。所以，当有人坐过来想听一听允硕的故事时，他便欣然开口聊了起来。

谈话的内容是从关于允硕下一部作品的提问开始的。虽然不好回答，但允硕还是简单地回复了一句“快了”。不管瞎说些什么，允硕还是有信心不被戳穿的。至少对他们而言。

接下来的话题很自然地转到了允硕上大学时便步入文坛的事上。虽然是反复说过无数次的内容，但每次谈起，大家夸赞的语气中的那份羡慕，还有允硕佯装谦虚的那份自豪，都融合得天衣无缝，是个令人满意的话题。交谈中，允硕瞥了几眼一声不吭的贤俊。贤俊坐在角落里，一副暗沉阴郁的表情，像是被人丢弃了一样。他的头顶上仿佛笼罩着团团乌云，那股不祥的气息让人觉得很不舒服。

在允硕眼中，从贤俊身上看不到任何希望。“可能性”一词对于贤俊来说都是一种奢望。贤俊只不过是一个没有任何希望又上了年纪的文艺青年（去掉所有用以慰藉的修饰语，仅保留最本质的形容）。允硕读过几次他的小说，但每次都很失望。贤俊一贯的主题是“生活在社会边缘的小市民阶层的悲哀，以及造成这种现象的不合理的社会体制”，但他选择的表达方式却像对着虚空疯狂地胡乱出拳。在允硕看来，以这种方式来表达扭曲的心理是一种无能的表现，而他那冗长篇幅中的字字句句，只不过是这种情感的宣泄，这让允硕感到厌恶。

也正因如此，贤俊突然开始用含混不清的声音发起攻击，说允硕的作品只不过是把别人的小说东拼西凑，就是模仿抄袭而已。允硕扬扬自得，自认为才华横溢，其实根本不值一提。大家都知道，他早已是江郎才尽了，这几年连一个字都写不出来。这一番话让允硕感到无比的惊慌。为了抑制自己的怒火，允硕以嘲讽的口吻直接回击：“你的烂文章毫无价值”、“这些垃圾内容还是用来写日记吧”。这些过激的言语毫无遮拦地从允硕的嘴里蹦出来。当他回过神来，感到羞愧和后悔时，一切都到了无法挽回的地步。接下来的场面一片混乱：大家还没来得及劝解，贤俊就腾地站起来，掀翻了桌子，酒瓶横七竖八地滚落一地。酒店老板娘发出尖叫声。允硕毫无防备地迎面挨了一拳，用手紧紧捂住了脸。

憧憬不幸

宝拉梦想着成为一名作家，但她一直认为自己有着致命的缺点。这是难以向任何人讲述的秘密。用一句话来说，就是觉得自己“过于充分的生活”影响了作家梦的实现。宝拉所谓的“充分的生活”，在别人眼里是一种“幸福”，虽然宝拉感觉很委屈，却没有勇气坚持争论到底。如果说生活中存在“不幸”的话，那所谓的“不幸”分明在有意躲着宝拉。或者说，在宝拉的面前竖着一层看不见的隔膜，它让“不幸”无法侵入宝拉的生活。

父母经营着水饺餐馆的生意，宝拉从小就衣食无忧。她家店铺门前经常人声鼎沸，分店的数量也不断增加。父母每天汗流浃背、专心致志地包着水饺。宝拉从来没有在他们身上发现过什么文学感受力。家境殷实、父母健康、家庭和睦，宝拉在父母精心的呵护与陪伴下长大。她生性随和，与朋友也相处融洽，虽然是独生女，但童年从未感到过孤单。

这样的生活让别人无比羡慕，可宝拉却很沮丧。宝拉真心地羡慕那些幼年时期遭遇不幸的人。当然，她自己也有难以言表的苦闷，还有无法获得回应的内心私语，这也是宝拉开始写文章的缘由。但是，对那些真正遭遇过不幸，或遭受过飞来横祸的人而言，宝拉的苦闷只能算是一种矫情，荒唐、幼稚又无比天真。真正不幸的人，他们的眼神黯淡而又深沉，眼睛里藏着宝拉无从知晓的人生秘密。每当在书上或电视上看到艺术家们不幸的幼年故事时，宝拉总会对着镜子深深地注视自己。镜子里那张孩子气的脸，没有一丝阴影，也毫无立体感，只有一直生活在阳光下的清澈与单纯。

对于这些，一开始宝拉只能想到用“不幸”这个词来形容。

后来她逐渐懂得了可以用另一个时髦的词来替代，那就是“心理创伤”(trauma)。不管怎么回忆，宝拉都没有与这四个字相符的经历。对她而言，没有自卑感反而是一种自卑，没有“心理创伤”反而是一种心理创伤。从十七岁到十八岁，宝拉感觉自己好像已经变老了，她经常会产生极度的不安，有时在咯咯大笑时也会突然变得忧郁起来。十几年来，自己从未有过什么苦楚的经历，自然也不会为今后的人生积累财富。而自己就这样即将迈入成年人的行列。想到这些，宝拉每天都感到无比焦躁和伤心。

宝拉创作的网络小说很有人气，大多是以轻快的文笔讲述花季少男少女的甜蜜爱情故事。但宝拉从不以此为傲，她用的都是笔名，并且打心底看不上那些狂热的年轻粉丝。因此，也只有几个朋友知道她写小说。其实，宝拉也曾努力尝试过写一些满足自己的知性追求、无愧于己的文章，只是那些努力让她感觉自己好像在模仿着什么。宝拉把原因归结于生活的一帆风顺，也就是缺少不幸的存在。

即便如此，宝拉还是没有放下手中的笔，不是因为喜欢创作，而是认为写作就是自己与生俱来的能力。面对读者们兴奋的期待，宝拉不得不忍耐着这份痛苦，随意地写一些并不想写的东西，默默承受着这令人厌恶的追捧。

一个春天的傍晚，宝拉坐在父母的店里。营业时间已经结束了，父母正开着收音机，一边听广播，一边剥洋葱。外面下起了雨，宝拉看着手机，不经意地点开了一篇报道。这是以前的新闻，说一名男子的尸体在山里被发现，据推断已经死亡很久。男子四十岁左右，赤裸着身子，面目全非。但奇怪的是，死者浑身没有任何伤痕，被埋在土里一个冬天。因为换季下雨，泥土被雨水冲刷，尸体才暴露出来。警察为了查明死者身份和凶手，以周边居民为对象进行搜查。新闻就报道了这些内容。

宝拉平时对新闻报道从来没有如此关心过，但奇怪的是，这件事一直被宝拉记在心里。此后的几个月里，宝拉每次想起这件事，都会去查找一些相关报道，但再也没有获得新的信息。整个事件的调查就像是按下了停止键，被定格在了原地，让人不禁产生一种错觉，怀疑这起事件到底有没有真正发生过。

那个男人是谁？杀死他的凶手到底又是谁？为什么他会赤身裸体地被埋在树下整整一个冬天？这一系列的疑问都是宝拉想要弄明白的。但是没有人能给她答案。所以，每当宝拉感到无聊的时候，她就会小心翼翼地展开想象的翅膀。当然，这如同游戏般的想象究竟是出于何种目的，到底又会把她带向何处，连宝拉自己也不清楚。

魔法的开始与结束

允硕无法再进行创作了，（从坏的角度来讲）就像被施了魔法一般，“某一天突然”就写不出了。这件事降临到了允硕头上，就像一觉醒来发现嘴歪了，或突然遭遇交通事故，没有任何的预兆，好像都是上天的安排。

允硕经常思考为什么会这样，但无论怎么想，都想不出这到底是什么事情或什么情感造成的。他还是像往常一样，谈谈恋爱，享受着单身的生活。新建的工作室宽敞、整洁又雅致。手里的钱比以往任何时候都多。这本小说的创作是颇为冒险的，没有构思和计划，只是运用自动记述法随意完成的创作。然而，他毫无意图的创作中，那字里行间的意义和美学的尝试——事实上并没有——却受到关注，并荣获大奖。那些忠实的读者一如既往，再次坚定地认证了他的名气。

一天晚上，允硕和几个朋友喝完酒，在回家路上的小吃摊吃了碗乌冬面。面汤咸得要死，面也是坨得一塌糊涂。允硕半开玩笑地嘲讽道："就这样怎么做生意呀？"听到这番话，小吃摊的女主人嘴角抽搐了一下。允硕拍了拍热乎起来的肚子，就起身回家了，晚上美美地睡了一觉。然而，从第二天开始，允硕突然写不出任何东西来了。

允硕每天都在进行着艰难的斗争，斗争的对象是白色屏幕上不断闪动的光标。那光标总是无情地催促着他，不管允硕写什么，它都不满意。因此，允硕每次好不容易写出的东西，最终统统都被删掉。允硕也曾为了撒气，在整个屏幕上打满了骂人的脏话。但是，这细小的黑色光标却感觉不到任何的羞辱。它总是准确无误地出现在允硕满怀愤怒的话语前，抄着手叫嚣着："继续骂呀。"即使允硕心跳加速到无法忍受的程度，那光标依然匀速地闪烁着，就像节拍器一样。那种节奏、那份沉稳从不间断，超然自若。允硕是绝对赶不上的。跟允硕相比，光标有着绝对的优势。

在这场荒诞无稽的战斗中，允硕拼尽全力抵抗着。医生们的处方和建议并没有帮助。他经常想象着，是不是那个小摊的老板娘对自己的话怀恨在心，对他下了什么咒语，或者那碗乌冬面里是不是有什么东西。然后狠狠地摇摇头，用双手托着额头。允硕试过用笔在纸上写字，也试过用手机记录下浮现的灵感；也宣布过要休息，一段时间干脆什么都不写，什么都不读。然而，即便允硕将一切抛之脑后，孑然远行至异国他乡，那光标在漆黑的夜里依然灼灼闪光。事实上，它已经烙印在允硕的脑海中。

允硕没有把自己的苦衷告诉别人。每当他以个人缘由取消约定或是推掉先前的约稿时，别人也都会默默接受，表示理解或是等待。但是时间久了，大家对允硕的信任和期待也如同从指间流走的沙子一般，渐渐地消磨殆尽。最终所有人都察觉了他面临的困境。

一天下午，允硕去了许久未去过的大型书店。拖延好像已经成了一种条件反射，他先在其他类的书架前转了一会儿，然后才走到文学类书架前。五颜六色的封面就像是一张张漂亮的脸，摆在柜台上，冉冉升起的年轻作家们的新作席卷了上位圈。允硕假装没看见，白费力气地去寻找自己的书。最终，他（也许怕职员认出自己）小心翼翼地向店员说出书的名字——一部自己最喜欢的作品。店员敲了敲键盘，然后说“请跟我来”，便快步走在了允硕前面。穿过迷宫一般的空间，店员熟练地从书架上抽出允硕的书，把它交给允硕后便消失了。他和他的书所在的位置，是书店外的通道上摆出的一个七折柜台。允硕在原地呆呆地站了一会儿，然后看了一下刚才收到的短信，说晚上有个同学聚会。

那天的同学聚会之后，允硕想应该再也不会见到贤俊了。但是仅过了一周，贤俊便打来电话，这着实让允硕感到惊慌。尽管允硕几次都没有接电话，贤俊依然没有放弃。终于，允硕在家门口见到了一直等待自己的贤俊。

不管怎样回忆，允硕都觉得与贤俊的再次见面如同幻觉一般。贤俊的出现以及他所说的话，就像是为了匆忙转换场景而强行插入的广告，尴尬无比。允硕直接地表达了自己的不满，而贤俊却说自己一直非常尊敬允硕——的确用了“尊敬”一词——只是因为醉酒迷了心智，让尊敬变成了嫉妒。他用自我贬低的方式没完没了地辩解着，那表达毫无改进，依然烦琐冗长，让人感到可怜。为了尽早摆脱贤俊的纠缠，允硕装作理解的样子，不住地点头迎合。然而，贤俊接下来的话更加匪夷所思。他说自己抱着“最后”的信念写了一部小说，一定要听一听允硕的评价，那部小说是否有“可能性”。允硕再次敷衍地点点头，贤俊这才迈着轻松的脚步转身离开。当贤俊的后脑勺离开视线的瞬间，刚才奇妙的相遇便从允硕的脑海中抹去了。

当接到贤俊的讣告时，允硕不禁心生怜悯，想起了那天的见面。但当时允硕没有在意贤俊所说的“最后”“可能性”这些词中暗藏的伏笔——也就是要通过邮件把新小说发给允硕的事情。意识到这件事，还需要一个特别的契机。

那天，从葬礼现场逃离时，允硕看到一个女孩站在那里，一副黯然神伤的样子。女孩抱着一本书，看起来就像捧着遗像。允硕的视线转到了那本书上，看到书名的瞬间，过去曾被遗忘的记忆如同解除了封印一般，又重新浮现在脑海中。

允硕读过女孩手中的那本书，书名很严肃。那是在很久以前，所有人都平等的时候。很短暂的一段时光。允硕身边的同龄人都是朋友或是同事，他曾和他们一起读过那本书，对书中提出的问题也展开过彻夜不眠的激烈争论。虽然没有得出任何结论，但争论过后，大家都默默不语，一起注视着由暮夜至晨曦的景色，共同度过那难以描绘的时光。那清澈的脸庞是贤俊还是别的什么人，已经记不清了。但是，当允硕再次看到那个带有提问意味的书名时，他才意识到，贤俊也曾是他的朋友，却从未靠近过自己的梦想，便这样荒唐地死去了。

那天晚上，允硕打开电子邮件，读了死去的朋友永远不会公之于世的最后一部小说。就像之前一样，小说的开头依然令人失望——深山里发现了一具没有四肢的无脸男尸。允硕对这种荒诞的故事不抱有任何期待。但不知为什么，他一口气读完了这部作品。当看到最后一页时，已经是凌晨时分，朦胧的晨光透过窗户照了进来。允硕打开窗户，抽了一根烟便上床睡觉了。

一觉醒来后，允硕到附近的餐厅吃饭，然后在小区转了一圈便回家了。到了傍晚，允硕把昨天看完的小说打印出来，又重新读了一遍。这次看得格外用心，逐字逐句细细品味。故事内容的确不错，但允硕认为小说整体上写得太不专业，到处都是错误的句子和搭配不当的词，就如同绊脚石一般，非常碍眼。因此，还需要对这些“路面”上的“绊脚石”进行清理，用文字重新包装。故事中所蕴含的奇妙之美还需要进一步挖掘，特别是故事的结尾部分，必须进行修改。贤俊给出的结局既不是希望也不是绝望。但是在允硕看来，这个故事应该是个悲剧，最终以死亡收场。总而言之，这个故事值得拥有更华丽的“外衣”。

允硕做了几次深呼吸，试图平息这突如其来的兴奋情绪。但正如他所料，没有任何作用，所以他也不再去做无谓的努力。允硕又收到了贤俊出殡的通知，随即而来的还有短信：我们的朋友永远地离开了。但他并没有什么特别的感情。他不再试图整理自己的异常情绪，而是让它顺其自然地发展，并且断绝了与外界的一切联系。

一周后的某个早晨，允硕睁开眼睛。早上醒来对他而言已经是许久以前的事了。或许是因为一夜的酣睡，连梦都没做，他感觉身体格外轻松舒畅。允硕忘记了喝咖啡，泰然自若地坐在笔记本电脑前，就像每天如此一样自然。他打开电脑，伸展了一下手指，然后尝试着打了几个字。下一刻，允硕意识到长期困扰自己的诅咒终于被解除了，自己最终成为这场艰苦博弈的胜者。所有的一切都摆脱了魔法，恢复了原来的样子。现在允硕面对的，不再是从内心发出的威胁、嘲讽、恐吓自己的声音，而仅仅是光标而已。事实上，允硕并没有感受到惊讶或感动。眼前的光标消失了，屏幕上只有指尖敲打出的文字在飞驰。

从某种意义上讲，这又像是一个新的魔法。

箴言和死亡

贤俊的课很无聊。换句话说，他上课没有激情。有时都让人怀疑，现在还有这么教课的老师吗？上课基本是机械地念问题和答案，因此没有什么人气。学院不开除他，也是够奇怪的。

一天上课的时候——那天贤俊照旧枯燥地念着问题和答案，有个孩子喃喃自语的声音传到了所有人的耳朵里。孩子嘟囔的是："这是上课吗？"在突如其来的沉默中，贤俊啪的一声合上书，然后吼了一句："这不是上课！"

他接下来的一场演讲，成了大家长时间谈论的话题。那天的演讲是贤俊至今为止上过的所有课中令人印象最深刻的。内容大概是这样的：自己也不想这样上课，但现在的教育体系与梦想的教育相悖，为了不让自己愧疚，为了勉强度日，也只能如此。你们也是一样，反正我们都无法改变现在的教育体系。像狗一样老实地趴着，卑躬屈膝地服从现状，反而是最聪明的做法。他讲的内容很简单，但是用了起承转合式的结构，还富有节奏和强弱的韵律。贤俊咆哮般地对教育一通批判，从为了糊口而机械式教学的教育者的悲哀，到既是顾客又是牺牲者的孩子们，还有造成这种现状的社会现实。孩子们一个个低着头坐着，像是在被训斥一样，但大家都竖起耳朵，比任何时候都专心。终于讲完后，贤俊喘了口气，又泰然自若地读起问题和答案来，就像什么都没发生过一样。课堂上的这个插曲，还让贤俊收获了几个粉丝，就是参加他葬礼的孩子们。

贤俊毫无诚意、对世界毫不迷恋的态度激起了宝拉的兴趣。贤俊写小说，这一点孩子们最感兴趣，这也是贤俊的个人信息中最让人印象深刻的内容。听说贤俊是已经出道的小说家，之所以找不到他的作品，是因为他用的是笔名。有几个孩子还在咖啡厅看到过他写作的样子。宝拉在网上搜索过这个古怪的学院老师的名字，但正如传闻一样，找不到他写过的小说的相关信息。但不管怎样，贤俊是宝拉认识的唯一的“写作的大人”。所以没过多久，宝拉故意等孩子们都离开后，到教务室找贤俊。她告诉贤俊自己也在写小说，并询问微微抬起眼睛的贤俊，能否读一下自己的文章。贤俊不情愿地点点头，宝拉留下了自己的网站和电子邮件地址，然后便逃也似的跑掉了。

贤俊写给宝拉的第一封信只有一行字。

这不是小说。

宝拉后来才慢慢了解，贤俊喜欢用“这不是……”的表达方式，它的背景是宝拉无法理解的西方哲学家的名字和奇怪的图画。

贤俊简短而又直接的评价让宝拉惊慌失措，但从某种意义上说，这也是宝拉最想听到的话。之后，宝拉开始向贤俊吐露苦恼和痛苦，也开始一点点地讲述自己写的文章。为了不让文笔看起来土里土气，宝拉总是非常慎重地思考如何表达对生活和写作的苦闷。所以，每次发邮件给贤俊，都要耗费很长时间。

与此相反，贤俊的回信总是简短而强烈，一般都是这样的内容：这不是苦恼，人生是未知的，要直接走入人物中，文章要有主题，要倾听内心的声音，所有的答案都在你的心里。仔细想想，这些话谁都能说出来。但是，对于贤俊给出的没有具体阐述的命题，宝拉总是前前后后反复地思索，倒也学到了很多。当然，这并不是因为贤俊是个好老师，而是因为宝拉是个努力的学生。不管怎样，这种不露声色的学习，让宝拉感觉到内心散落的某种东西正慢慢地凝聚起来，逐渐变得坚硬。而且她心中的预感越来越强烈——自己从来没做过的事情，马上就能做到了。

宝拉没有无视这种预感，她让脑海中滚动的故事继续发展下去，一有空就把它转成文字。首先，她救活了一个没有脸的男人，把他的脸缝在躯干上，然后给他穿上衣服。反过来推想着那个男人从死到生的经历，然后又将他从出生到死亡的过程捋了一遍。她展开想象：男人活着的时候遇到无数的人、那些人给的记忆、他们的对话，以及彼此间绽放的感情。之后，她用非常残忍的方法，将她救活的男人碎尸，不仅是脸，连四肢都截成一段段，然后把它们分别丢弃在山上、河里。宝拉一直在努力转变自己的写作风格，因此她的进度很慢，也很辛苦。但是不管怎样，故事一直在发展着。不过，有个问题总是让她心烦意乱。

她根本不知道应该怎么收尾。该在哪里结束，这个故事的结尾应该怎样，越想这些脑子里就越混乱。虽然设想了各种结局，但没有一种能让自己接受。这种苦恼持续了一段时间，她最终得出的结论是，自己都不知道为什么要写这个故事。一旦意识到这一点，凉飕飕的空气立刻笼罩了全身。宝拉深深地吸了一口凉气，好像再也无法呼吸。恐怖、无法逾越的障碍，都像重力一般沉甸甸地把她往下拉。宝拉嘴唇发白，嘴角却慢慢上扬，露出微笑。她很高兴看到这种未知的恐惧。

宝拉想着要把这段时间反思的结果全部呈现出来，因此，她从来没有把写新小说的事情告诉她的文学老师——当时她是这么认为的——贤俊。但是，现在有些不同了。就在当晚，经历那种新鲜迷人的恐惧之后，宝拉给贤俊发了电子邮件，说了她至今为止还没写完的故事和自己面对障碍的剖白。

然而宝拉很久都没有收到回信。于是她开始后悔，自己对贤俊提出的请求是否太无理了。但就像之前那样，当宝拉完全放弃期待时，回信就来了。宝拉带着激动的心情坐在电脑屏幕前，这一刻不该平平凡凡。她深深地吸了一口气。虽然没有十足的把握，但这次还是有很充足的信心。邮件中应该是赞叹的话。那样的话该有什么反应呢？这位小作家慢慢地呼吸着，终于打开了第一位读者的评论。

> 华而不实，内容无趣。
>
> 还是专心准备入学考试吧。

这就是全部内容。

宝拉反复读着那两行残忍的批评。然而无论怎么看，都看不出里面蕴含着别的深意。那从未感受过的羞耻让宝拉紧咬嘴唇，伤心地流下了眼泪。那天之后，她不再去补习班了，也没有再给贤俊发过邮件。宝拉决心忘掉之前用心撰写的小说，专心地在网站上用更为轻松的笔触连载小说，就像是短暂的空白期后的一种发泄。

贤俊的死对宝拉影响很大，像把锤子一样，把宝拉原本平静的外壳敲碎了。从贤俊的葬礼回来后，宝拉很长一段时间都不敢相信他已经不在这个世上了。宝拉每天回想着贤俊这段时间发来的简短箴言，想象着他现在被埋在地里的腐烂身体——她不知道贤俊被火葬了。宝拉又想起了那个不知姓名的男人——或许为了查明死因，一群面无表情的人要对他进行尸检。

生活正朝着奇怪的方向发展。这个世界盛行着一种荒诞离奇、毫无可能性的死亡，而它每天就发生在自己身边。

现在，宝拉似乎明白了自己引以为耻的网络小说受欢迎的原因；同时，被迷雾笼罩的小说结局也渐渐有了轮廓。归根结底，自己想要进行创作的原因在于生活本身。不是死亡之类，而是继续下去的人生。那划破黑暗的光。宝拉所拥有的力量不是以不幸为燃料，而正是那些故事本身。所以，宝拉不再憧憬自己身上没有的东西。

然而令人讨厌的是，不久之后，宝拉一直想要、现在却不再需要的东西，突然降临在她面前，就像收到了原本取消配送的快递一样。

相同或是不同

经常在自己的网站上发表少男少女爱情小说的女高中生，突然有一天上传了新的小说。与之前的连载方式不同，新小说已经全部完成，分量也相当可观。故事的主人公是一名被碎尸的男子，整体的氛围阴森而又真实。之前创作的都是轻松愉快而又胆大妄为的故事，熟知小作家风格的粉丝表示很意外，但这并不影响他们对新故事的狂热，口碑瞬间就传播开来。

女高中生的小说发布前不久，一位著名作家的新书出版了。读过小说的人，应该都听说过那位作家的大名。那是他打破了几年的空白期完成的作品，一时间成为热门话题。书的背面是作家的老师，也是文学界的元老写的推荐词，用大大的字体写着“直击社会问题，实现华丽蜕变的作家”。

小说采用的是倒叙的手法，从山里发现没有脸的尸体、胳膊和腿都分别被丢弃在不同的地方开始。他生前是什么人？为何被杀害？故事的素材和结构与女高中生的小说完全一致。相同的内容远不只是这些，小说中男人的职业都是邮递员，他以各种名字代替别人生活的设定也是一样的。男人生前遇到的那些人的年龄和职业，在两部小说中也大多是一致的，还有人物的对白和内容的表述，很多地方都是相同的。

要说有明显区别的地方，那就是结局。在作家的作品中，不仅是主人公，他遇到的所有人也都死了。然而，女高中生作品的结局却截然不同。主人公生前遇到的那些人找到了他留下的东西，他们相信他还活着。

对于这件事的后续，似乎不必再赘述了。简单来说，就是在大家可以想象的范围和规模内引发了一阵骚乱，人们唇枪舌剑，相互攻击。

每隔一段时间，就会有一些在山上或河里发现尸体的报道。有的身份被查明，有的尸体被损毁，最终无法辨认。虽然有时能够查清事情的原委，但陷入迷宫无法查明真相的情况还是占多数。每当看到此类事件时，人们都会感到惊愕，但极少有人去关注死者生前的生活。虽然令人震惊，但这类事情经常发生。可人们总是忘记，然后每次都像第一次听到一样震惊。所以说，这是既新鲜又陈旧的故事。那些死者的故事也是这样，或是截然不同，或是相差无几。

关门的书店

大城市中的一个小社区内，在某个偏僻的角落，有一家关门的书店。那里卖书，也提供一些饮品和简餐。当然，所谓关门的书店，指的是店主人打开店门之前的状态。关着门的书店里，店主为开门营业忙碌着。店主喜欢开门后的书店，但同样也喜欢关门的书店。说实话，她更喜欢偶尔独处的时间。

某天，书店还没开门，有人就走了进来。门被猛地打开，但脚步声却有些迟疑。店主一边后悔没有锁门，一边说道：

“现在还没营业呢。”

客人站在那里，犹豫不决。

“门是开着的。”

“门是开着的，但书店还没有开门。”

店主固执地回答。她正在倒咖啡，还没有看到客人的脸。

“就一会儿，一会儿就行。”

两个人对视了几秒钟。店主为了躲避对方的视线，慌忙朝店外望去。外面正下着雨。

“那好吧。”

店主略带沮丧地说。

客人把带着雨水的伞放在了入口处，开始慢慢地穿梭于书架间。小心翼翼的脚步留下了潮湿的脚印。他并没有草率地选书，也许是想说些什么。店主用毛巾擦拭着已经擦过的杯子，等待着打破沉默。

过了一会儿，客人选好书，朝店主走去。他掏出钱包的瞬间，店主开口说话了。也许语气有些急切。

“不用结账了。”

客人刚一抬头，店主就避开了视线。

“因为现在不是营业时间。”

“即便如此……”

客人很执着。他没有接着说下去，而是突然转移了话题。

“那我来杯饮料。那个需要付钱吧。”

客人点了杯以前喜欢喝的热茶。店主准备茶的时候，他走到窗边的桌子旁坐下。客人翻开书，刚读了几个字，身后就飘来阵阵茶香——那熟悉的清香。

“雨下得真大呀！”

店主把茶端过来时，客人说道。果然，雨越下越大了。街上的风景逐渐模糊，书店和街道之间的窗户像一面隐秘的镜子，映出了两个人的模样。街道上空无一人，两个人对此心知肚明，因为现在是黎明和清晨之间那段最安静的时间。

“嗯，是的。”

店主说道，语气有点紧张。

“真的很像吧。我是说，从黎明到清晨和从傍晚到黑夜，这里的景象。”

不知道两人中的哪一个说了这句话。

“是的，只不过一个逐渐明亮，一个越发黑暗。”

另一个人回答道。

店主小心翼翼地挪动着步子，她并没有直接返回厨房，而是沿着客人的脚印徘徊在书架之间。书架虽然不大，但足以让人隐匿其中长时间细致地观察别人。脚印在某处消失，再也看不到了。店主在书架间待了好一阵子才出来，像刚从丛林中走出来一样，然后继续说起刚才想说的话题。

“不介意的话……”

客人侧过脸。

“我可以做点料理吗？”

客人轻轻地点了点头，然后把视线移到了书上。他翻了几页纸，但只是看着文字，完全没有记住书上的内容。

鸡蛋发出刺刺啦啦的声音，培根也卷了起来。煮熟的西红柿轻轻地浮出水面，几种蔬菜吸收了水分之后，变得饱满起来。

客人翻着书，好像什么都没听到。偶尔无法集中注意力时，他便会望向窗外；奇怪的是，外面什么也看不到。能看到的只有自己和这里的主人。不知从哪一刻开始，客人手里的书页停止了翻动。

店主终于端来了食物。盘子放到桌子上时，发出咣当的声响，银餐具也发出丁零当啷的碰撞声。

就这样，店主为客人准备好了早餐，简单而完美。

“本来……”店主端着盘子说，“现在不是营业时间，而且……”

客人把书合上，用指尖摩挲着尖锐的书角，等着店主下面的话。

“是对我来说非常重要的时间。”

“我知道。”客人答道。

“因为你一直这么说。”

客人端起茶杯，白色的蒸汽暂时挡住了他的脸。他开口想要说些什么，却被店主抢先一步。

“趁着还没凉。”

有时候，有些话是为了打断对方而说的。店主此时的话便是如此。

“快请吃吧。”

客人点了点头，听从了主人的建议。他慢慢地咀嚼着由简单食材做成的食物，细细地品尝。

“味道丝毫没变呢。”

客人说了这样一句话，引来了一阵沉默。

“还是有点变化的。”

店主好不容易开口，回答中似乎带着焦虑。

“因为已经过去很久了。”

暴雨继续下着。店主和客人待在各自的空间，彼此沉默不语，直至大雨结束，潮湿的脚印变干，直至黎明变成清晨。

接着，一件似乎不可能发生的事情发生了。或者说，一件经常发生的事情，再一次发生了。

外面的世界渐渐地变了模样。滂沱大雨变成了毛毛细雨，继续浸润着这个更加明亮的世界。

一只猫一闪而过，一个人紧随其后；两条狗悠闲地经过，三个人跟在后面；四个人过去了，五个人走在后面。

就这样，清晨来临了。

店主看了看表。

“已经是早上了。”

“是的。”

他们的对话仅此而已。

外面的世界变得纷杂起来，两个人的心情也开始焦躁不安。焦急而茫然的两个人，似乎满怀遗憾地等待着什么。彼此要说的话、长时间的凝视，这些让他们既期待又害怕。但是什么也没有发生，只有默默的等待。

终于，时钟指向某个时间点的时候，就好像到达了某个临界点，店主沉重地开了口。

“现在到营业时间了。”

客人点了点头。时间在不知不觉间悄然逝去，店主的表情变了，大步流星地走过去，以一种冒险与挑战的姿态，哗地打开店门。

瞬间，盘踞在门前的陌生空气一拥而入，迅速挤走了屋内的空气。面包的味道、西红柿的味道、培根和鸡蛋的味道、书的香气、两人的气味和温度，连同飘荡在屋内的语言和沉默，所有的一切都烟消云散。

“所以说……”

店主低声说道。她没有继续往下说，准确地说，是说不出口。只是好像突然明白了，刚才开门的行为对自己来说是一种怎样的信号。

客人点点头。他慢慢地站了起来，向前走去，步伐稳健，速度不快也不慢。一步一步，似乎要永远这样走下去，随后消失在开着的店门外。一瞬间便消失了，没有“还会再来”的眼神，也没有“欢迎下次光临”的问候。

只剩下店主开始收拾客人留下的餐具。完美的早餐结束了，座位上留下了某个人的痕迹。店主把盘子洗刷干净，以备下次使用。然后，她在客人坐过的位置上坐下，翻开客人看过的书。一阵微风袭来，将书翻到夹着小纸片的那一页。

店主拿起纸片，小心翼翼地展开。纸片上写着几句话，让人有些目眩。是很简短的话，店主认识那字体，是客人的字体，字间距一如既往地窄。店主的脸色变了，她的肩膀微微颤抖了一下，那动作微乎其微，几乎让人难以察觉。

然而并非永远如此。

店主在座位上坐了许久，然后带着一颗支离破碎的心，重新开始打扫卫生。

店主擦完窗子，把书本摆放整齐，突然，她忙碌的双手慢慢地停了下来。她看向书架上的空隙，那是客人的手拂过的地方，只能放进一本书。店主迟疑了一会儿，决定把那个空隙保留下来。然后她宣布，整理完毕。

店主把写着“欢迎光临”的黑板立在外面，拿起粉笔，写下今日推荐的图书，然后打开精心挑选的音乐。最后，她在显眼的位置挂上写着“open”的挂牌，留给自己的是“close”的字样。这样从外面看是开门，从里面看是关门。也就是说，书店虽然关着门，但也开着门。

不开门的书店已经开门了。今天也是如此，店主会微笑着招待客人，跟他们打招呼，为他们准备茶点。不过，还可以等一下，还有一点时间。店主用蓝色电热水壶装满水，为自己泡一杯茶。在等待水烧开的这段时间，店主走到书架前抽出一本书，也是只为自己准备的书。

现在将开始规律的、安全的、准时的生活。店主总是严格遵守时间。这样，书店每天才会在同一时间开门，店主也才能独自享受关着门的书店的私密时光。因此，她一定会遵守那个时间。

客人走着走着，渐渐放慢了脚步。不是突然减慢，而是逐渐放缓。原本稳健的脚步一步一步地慢了下来，最终停下。不是戛然而止，而是慢慢地站稳脚跟。客人呆呆地站在那里，然后回过头来。不是蓦然回首，而是徐徐转过来。

在尽头的拐角处，能望到紧闭店门的书店——虽然关着门，但其实是开放着的书店。当然，客人知道自己无法再回到那个书店。事实上，他不再是客人了。因为他不再属于那个空间。

曾经是客人的他，现在也仅仅是个过客。

他决定做回自己。于是再一次下决心，和自己约定：就像曾经那样，现在再一次约定。

就这样，他再次迈开停下的脚步。

美妙的音乐从门缝里溢出，被街上的噪音吞噬了一些。即便如此，音符依然尽情地流淌着。曾经的客人，曾经还不是店主的主人，他们的哼唱藏在这音乐之中，谁也不知道这一点。

评论：噪音与和声

田己和（文学评论家）

风景、阳光、音乐，还有孤独的我，非常完美。虽然有时也会陷入绝望和悲观的泥沼苦苦挣扎，但生活在世间还是值得的……

还没回过神来，我就马上竖起了耳朵。让人扫兴的声音瞬间毁掉了这一切。

平静的氛围，深沉的思索，突如其来的声响却打破了这一切。这两段话之间形成强烈反差的原因，归根结底就在于别人的存在，并带着令人反感的声响闯入“我”的生活之中。《别人家》描述的是一个以合租的形式住在公寓中的年轻人“我”的故事。小说中的“我”为了尽量避免与合租者享用“共同”的空间，熟练地掌握了自己独有的生存技能：能够精准地判断门外的声音、能够准确地计算何时需要戴上耳机。然而，每当“我”发挥自己掌握的最佳生存技能时，“我”自身的条件和社会地位就更加暴露无遗。因为那些闯入“我”耳朵中的别人的声音，是噪音，同时也是以噪音的形式体现出的社会结构的影响力。以月租形式租住全租房客的房子，成为“房客的房客”，赤裸裸地暴露出了“我”的生活状态，说好听点是合租房屋，其实就是房地产阶级中最底层的房客。

当然，“我”这一代的年轻人并不都是这种生活状态。准备购买公寓的“新婚夫妇”、代替父母来看房子的“二十来岁的男人”，他们与“我”的条件就截然不同。而且“我”也很清楚，自己绝对不会成为公寓的主人。对“我”，或那些不想成为像“我”这样的合租房房客的人来说，拥有自己的公寓，只不过是“跟我们毫不相干的另一个世界”的事情。毋庸置疑，住房问题是最基本的人权问题，同时与韩国社会阶级的重构以及财富传承息息相关。面对着每周都在飞速上涨的房价，只能无奈地选择与恋人分手；一边准备着应聘考试，一边还要在双语幼儿园做咨询老师；而现在自己的去留又掌握在新房东的手中——对这样的“我”来说，拥有的只有自卑和不安，而将这些转化成面向未来的乐观意志，才是“最好”的自我提升。

倚靠在窗前祈祷着自己摆脱绝望的阴影——主人公清晰的面孔，还有那与她渐行渐远的世界。读完这部小说集，这些画面会深深地刻印在读者的脑海中。孙元平的小说中很难找到关于人物内心的深沉感性的描述，这也许源自她的现实认知：每个人都不可能孤立于社会之外，且不受其影响。就像《别人家》中的“我”一样，小说中的人物面临的都是极其常见的现实问题，然而这些问题却很难轻易解决。小说没有刻意设定美好的结局，采用的是坦率、真诚、直白的叙述，这对阅读过作家其他作品的读者来说会有些陌生。

孙元平的小说世界与现实总是有一些距离，她试图审视这一差距，同时与作品中的人物又有着情感纠葛，如果能够认识到这一点，就会明白这本小说集同样也体现着作者特有的印记。那些被世界孤立、内心缺失的人们，在孙元平的小说中却被塑造成永远不应该被孤立的存在——不管是什么人。因此，孙元平在创作小说时，总是努力避免把对现实的分析转化为对现实的认可、妥协和嘲讽，这也是她始终坚持的创作风格。

我们先来读一下这些让这部作品充满寒意的小说。作品中塑造了很多让读者感到陌生的人物，同时又让大家深入思考这种陌生的感觉。

《怪物们》中的“女人”是一位在幼儿园工作的保育教师，她的丈夫因事故伤了腿，还有两个读高中的双胞胎儿子。小说的前半部分描写了女人在幼儿园照顾孩子们的情景，叙述中一直透着一种奇妙的紧张感和神经质。那是因为女人在双胞胎的日记本里看到了令人震惊的文字：“杀死父亲。今天晚上。我们亲手。”双胞胎是否真的会杀死自己的父亲？小说在紧张的氛围中展开，讲述女人确认丈夫死亡的过程。丈夫死后，女人并没有离开家，而是“服从”于双胞胎儿子，继续生活下去。《怪物们》是一篇讲述像怪物一样的双胞胎的故事——虽然是女人生育的，但女人自己也无法理解的可怕的怪物。

当然，也可以对这篇小说进行不一样的解读。书中并没有双胞胎杀害父亲的确凿证据，令读者感到毛骨悚然的真正原因，难道不是女人将双胞胎视为怪物这一点吗？那么，是否更应该关注将双胞胎视为怪物的人物，也就是女人本身呢？曾经梦想着拥有一个“更完美”的家庭，为了怀上孩子历尽千辛万苦，这样一个女人，如今却变成了想要对年轻妈妈们呐喊“你们终究也会被蚕食掉”的模样。女人觉得，称呼自己的那个单词“妈妈”，是“令人无比厌恶的词，它毁了自己的人生”。因此，女人对双胞胎的陌生感与排斥感始终无法与母爱相关联。女人并不爱她生下的双胞胎，对他们只是“服从”而已。女人在“服从”这个词中呈现出的冷漠与丑陋的现实面前，感到“如获新生”。“妈妈”这个词被撕碎后，女人默默看着留下的伤痕。也许，这个女人才是小说中真正需要关注的对象。

与《怪物们》相似，《Zip》中也出现了中年女性。从表面上看，《Zip》中的“英华”在一个“平常家庭”中扮演着忠实的母亲和妻子的角色。但实际上，英华一直想摆脱枷锁般的婚姻生活——丈夫“起汉”惹的麻烦、家中烦琐的大小事、日复一日地照顾孩子。英华一直在说，“等到孩子们长大成人”就逃离这种生活，但不知不觉间两个孩子都长大了，这时突然感觉再逃离是不是“为时已晚”。“就这样度过余生，其实也未尝不可”，带着这样的想法，她慢慢又等到了女儿出嫁，英华期待着“家人们能变得更成熟一些”。然而，当英华认识到自己在起汉眼中是那么的无知，认清起汉对自己的无视，那一刻所有的期待都破灭了，她的内心又开始躁动起来。

最终，在办完女儿的婚礼去参加起汉老同事葬礼的这一天，英华在一处公寓建筑工地的人工湖前向起汉倾诉了自己的心声。而就在那个人工湖边，起汉的脑部受了重伤，而且无法康复。到底发生了什么？这引起了读者们的猜疑。但是，小说所关注的不是“到底发生了什么”，而是“以后他们的生活将如何继续”。英华为植物人起汉支付医药费、在百货店食品柜台当收银员、照顾着自己的外孙女——只是活着而已。

小说以大雨天英华抱着外孙女往家跑这一场景结尾。英华讨厌“家”这个顽固的词，但还是和起汉结了婚，组建了新的家。虽然一直后悔这个决定，梦想着“逃离”这个家，但她却始终守着这个家。讽刺的是，一直在修补着这个家的人，恰恰是一直梦想着逃离的英华。小说的最后，英华想要守护的与其说是一个作为虚构体的“家”，不如说是自己怀里那个实实在在的人。我们无从知晓英华想守护的那个无辜的外孙女到底有什么样的可能性。读者只能从英华的背影中感受到她的某种决心。

读完英华的故事，我们来看看生活在近未来社会的“敏雅”奶奶的故事。《阿里阿德涅庭院》是一篇以“老年人口占总人口绝大多数”的近未来社会为背景的小说，这里的老人按照等级分别生活在不同的Unit中。敏雅所属的Unit虽然名叫“阿里阿德涅庭院”，但实际上是A、B、C、D、F五个等级中的D级。敏雅是没有结婚的独居老人，无法享有安乐死这一“人道主义死亡”的权利，这导致她要在Unit一直生活下去，从A级一步步降到了D级。敏雅申请到了可以帮忙打扫和聊天的“福利伙伴”，就这样认识了“侑莉”和“雅仁”。随着故事的展开，读者渐渐明白敏雅为什么会如此珍视与侑莉和雅仁之间的关系。

逐渐清晰的内容还有很多。因为出生率暴跌，政府不得不实施移民收容政策，侑莉和雅仁就是通过该政策移民过来的“移二代”。看似和蔼可亲的老奶奶敏雅，逐渐向读者表露出对侑莉和雅仁的厌恶。读者可以看出，敏雅从前也参与过反对这种政策的示威。

但是现在，敏雅只能藏起这份厌恶之心，因为她过于年迈和弱小，她现在最需要的是侑莉和雅仁的帮助。然而，侑莉和雅仁并不了解敏雅的内心，反而转告她一个出人意料的消息。她们的工作一直都不稳定，最终还是被解雇了，现在她们要和本国的年轻人一起要求取缔Unit——这个只为“吞噬税款”的老人们服务的地方。

《阿里阿德涅庭院》是一篇讲述未来社会的科幻小说。但是小说中随处可见的社会问题对人们来说再熟悉不过，比如低生育率、老龄化、独居老人的差别对待、性别歧视、排斥外国人、工作不稳定、代沟、年轻人的被剥夺感、对老年人的厌恶等。小说中所描绘的“未来”，是一个夸张地放大了韩国社会各方面问题的空间，这些问题大家其实都很清楚；同时，这也是社会成员将内心的厌恶感极大化而呈现出的空间。那么孙元平所描绘的未来是否已经到来了呢？以差别来对待差别，以厌恶来回应厌恶，各种问题错综复杂地交织在一起，面对着这样一个充满不安的未来或是现在，我们要做的难道不是正视这些社会现实，而不是通过勾画美好蓝图去轻描淡写地回避吗？这似乎就是小说提出的问题。

另外，还有一篇看似是对小说本身提出疑问的作品。《文学是什么》中宝拉和允硕这两个人物写的小说，叙述了另一部小说的故事。小说主要人物宝拉和允硕之间有一个叫“贤俊”的人。女高中生宝拉给补习班老师贤俊看了自己精心创作许久的“未完成的小说”，但受到了贤俊严苛的批评，因此她没有再写下去，而是专心连载之前写过的网络小说。此后，宝拉得知贤俊突然死亡的消息后，重新审视了自己的写作能力，最终完成了未完成的小说，并在网站上登载。但巧合的是，在贤俊发生事故之前，他给自己的小说家朋友允硕发了一封邮件，希望允硕帮他审阅一下自己写的小说。长期陷入低谷的允硕，在修改贤俊发来的小说的过程中，逐渐走出了创作的低谷，最终出版了该小说。而且正如大家所猜测的，贤俊发来的正是宝拉所写的小说。由此，允硕和宝拉之间展开了长时间的唇枪舌剑。

《文学是什么》没有讲述两人互相攻击的过程，也没有告知最终的结果，只是强调了宝拉和允硕的小说结局截然不同。允硕认为这部小说“值得拥有更华丽的‘外衣’”，小说的最后以死亡和悲剧收尾。与此相反，宝拉则“不以不幸为燃料”，坚持自己的写作风格，以“划破黑暗之光”作为小说的结尾。这部作品并未明确区分两个人物的善与恶，而是将题目以疑问的形式设定为“(您想读的）文学是什么？”，让读者自己去品评。允硕把从贤俊那里偷来的小说，准确地说是贤俊从宝拉那里偷来的小说删掉署名之后，挂上了自己的名字。允硕的小说被文学界元老赋予了一定的意义，披上“更华丽的外衣”，对一些人来说似乎具备了优秀文学作品的所有条件。也许有些人会喜欢宝拉略显青涩的作品。宝拉是值得期待的，即使贤俊想方设法地否定她，她也没有被绊倒，而是勇敢地完成了独具特色的作品。

重新回到小说的开始部分，进行创作的并非只有允硕。虽然经历了近十年的时间，但最后宝拉还是重新开始了创作，这一点非常重要。因为宝拉的这一行为，可以看作是给这个时代无数个像“宝拉”一样的人的安慰和鼓励。读者们将希望寄托在那些不受亡灵束缚、敢于正视自己的人身上，而这部作品就满足了读者的期待。

由《文学是什么》，我们可以联想到另一篇风格相似的作品。让我们从小说集的第一篇作品《四月的雪》说起。这篇小说讲的是讨论离婚问题的“我”和妻子，以及他们家的访客“玛丽”之间的故事。五十三岁的芬兰女人玛丽，通过旅行者爱彼迎平台预约到这对夫妇家中造访，突然取消行程之后，在下雪的四月又猝不及防地出现在他们二人面前。玛丽的突然出现，让夫妇二人很是意外，但逐渐感觉这更像是一个意料之外的礼物。比如，为了避免让玛丽看到他们分房睡，夫妇二人决定睡在同一张床上。第一天，两人背对背而睡；第二天晚上，夫妻俩开始交谈；第三天，感觉“一切都会好起来”。陌生人玛丽突然闯入这对夫妇的生活，这让他们不得已扮演起恩爱夫妻。也许这让他们的关系变得有所不同。然而，关系恢复到看似近在咫尺之时，又戛然而止，因为被小心掩盖的妻子的痛苦记忆又渐渐浮现。就像四月的雪被又黑又脏的水融化掉一样，裸露在外面的伤口让夫妻俩无比痛苦。下雪的四月，像圣诞老人一样的玛丽带来的礼物会永远消失吗？

读者们在小说的结尾会有新的认识，“我只是想相信，你们会欢迎我”，玛丽带着这样的心情来韩国，她在渴求着一份善意和关怀。我们用稍微不同的方式诠释一下玛丽带来的“礼物”的真正含义：“想相信”和“相信”是有区别的，因为前者包含着恳切的心情，而后者则表示确信。但是有时候有些人即使没有确信，也会凭着“想要相信”的心情，最终实现了“相信”。也许玛丽送给这对夫妇的，并不是一切在瞬间就能变好的奇迹，而是想慢慢变好的那种迫切的心情。

接下来，我们来看一看努力想拥有一颗“箱子心”的男人的故事。《箱子里的男人》写的是快递装卸工“我”的故事。“我”努力让自己的心像每天装卸的箱子一样，既坚硬又封闭。“我”之所以想拥有这样一颗心，跟哥哥的事故有直接的关系。哥哥从大卡车下救下了一个女孩，而自己却被卡车辗压受伤，现在躺在一个六人间的病房里，只能每天望着天花板。“我”把哥哥的遭遇解释为不幸，也在努力去理解这一不幸。哥哥每天毫无意义地呼吸着，而他用血肉之躯救下的那个女孩，他们一家却过着看似富足喜乐的生活。这两种截然不同的生活，是我理解的属于哥哥的不幸的一部分。“我”去过哥哥救下的女孩父母的店铺，看到了女孩冷漠无情的眼神。也许是“我”周围的世界，让“我”更想有一颗像箱子那样坚不可摧的心。

但是，“我”在经历两起意外事件后开始发生转变。平安夜当天，“我”目睹了惨烈的凶杀案现场，虽然当时感觉到“哥哥在用力推我”，却无动于衷，只是眼睁睁地看着惨案发生。之后，“我”怀着茫然的心情参加了葬礼，在那里遇到了一位少年。与他交流的过程中，“我”开始对自己在杀人现场的无动于衷感到愧疚，也第一次理解了一直以来谴责的女孩父母的心情。还有一件事情，是“我”偶然救下了一个女人。在小区步行道上，“我”看到了一个晕倒的女人，正想离开，一个女孩跑过来开始施行救助。“我”缓过神后，开始跟女孩一起救人，女人或许是感受到了“我们”的真切，慢慢苏醒过来。接着，“我”发现跟自己一起救人的女孩，正是当年被哥哥救下的那个女孩。

也许，过去“我”看到的女孩冷漠的眼神，正是“我”自己的绝望和悲观的映照。一直以来，“我”都认为哥哥的牺牲毫无价值，现在的生活就是“不幸”，所以总是在责怪哥哥的选择。但是，“我”和哥哥救下的女孩又一起救了别人，还收到了女孩出乎意料的感谢，让“我”的心开始有了变化。哥哥的选择所带来的结果，并不是最终的结果，而是一种延续，也许会一直延续到未来。

这篇小说可以单独阅读，也可以跟作家之前的长篇小说《杏仁》结合起来进行阅读。作品中男人目睹的杀人事件，就是《杏仁》中的允载所经历的事件，两个人物在葬礼现场的对话，正是两部小说的世界中重叠的空间。男人和《杏仁》中的允载，都是通过他人的帮助开始改变自己，从这一点来看，两部小说的世界观是相似的。依靠他人的力量，让自己的内心从厌世、冷漠中走出来；相信只有依靠“彼此”，才能阻止这个世界变坏：这些是两部小说的共同之处。

最后，我们看一下小说集的最后一篇作品，并以此来结束评论。《关门的书店》中只出现了两位人物——主人与客人，这也是整部小说集中最具朦胧气氛感的一篇作品。主人与客人，可以理解为书店的主人与客人，同时也可以看作为了强调“热情接待”这一概念而比喻成的主人与客人。

在非营业时间，书店的门却开着，一位客人走了进来。主人虽有些慌乱，但仍不失礼貌地接待了客人。客人与主人貌似是许久未见的关系，但文中并没有具体介绍过往经历。能从中看到，书店营业之前的时间对主人来说非常重要，客人虽然了解这一点，却依然固执地在书店坐下。这部小说的氛围虽然有些模糊，但并不怪异。主人的态度看起来似乎不太热情，却分明透露着温暖。主人为客人安排座位，还提供了早餐和茶点。虽然想守住自己独有的时间和空间，主人却将这份心情藏起来，温暖地接纳了客人，并且给予郑重热情的款待。之后，主人坚定而又正式地与客人道别，接受他留下的痕迹，重回自己生活的节奏。

主人打破自己原有的节奏，接受了不速之客的突然闯入。小说没有对这一意外事件展开描述，而是把重点放在了这种不可思议的和声上。从这一点来看，客人的出现并没有干扰主人的节奏，而是作为协奏者，在各自的位置上叠加和弦，形成变奏。这也是小说最后描写的场景，两人离别后，歌曲中混合着各自的“哼唱”，虽然不知道具体是什么，但两人却正在做着同一件事情。一切都好像很自然，小说中描述的重要事情，既不是对过往经历的具体描述，也不是对未来再会的明确约定，只是两人在做同一件事情。这样一个简单而又明确的事实，既不冷漠也不热情，带着冷淡而又亲切的意味。

作者的话

这是我的第一本小说集，对之前发表过的作品重新进行了梳理。重新审视撰写每个作品时的自己，既有一种新鲜感，又有些许的尴尬。在此，谨向一同分享苦恼的亲切的编辑李善烨、为我撰写推荐美文的小说家白秀麟、一直想问候的记者李多慧以及为我撰写评论的评论家田己和，表达我最诚挚的谢意。也非常荣幸，作家蔡志敏精彩的画作能作为本书韩文版的封面。

这本小说集以“别人家”命名，既收录了同名的短篇小说，又将众口难调的各种作品汇集在一起。我也曾经把它用作电影的片名。事实上，《别人家》这个名字是一把万能钥匙，可以作为小说、电影，甚至是美术作品，或者是诗歌的名称。因为艺术对我来说，归根结底就是别人的生活，是在描述与我不同的人们的生活。

越是远离功利性的艺术，作品中的人物塑造就会越显得珍贵和用心。因此，有些文学作品的效用和价值被质疑，作者却能够淡然处之，是因为从文学的角度来说，这些质疑本身就毫无意义和价值、放诞无礼。

我们生活在一个匪夷所思的时代。所有人的行为和思想都趋于统一，这种整齐划一的基调不停地蚕食着人们，在流行病肆虐的现代社会，这一点显得愈发严重。那些与所谓的潮流不符的思想是不会被大众所接受的，他们会强迫这些人去服从、去致歉。

这里的“大众”已经接近没有实体的怪物了。分开来看，他们是一个个软弱无力的个体，很容易被粉碎，但如果这些个体凝聚在一起，就会变成一个庞然大物。这个怪物从来不照镜子，反而将自己眼中的目标变成怪物，然后把非理性和虚假的“道德”包装成正义的武器，去打败他们，这样才能够解气。

如果不想被怪物盯上，那就只有一个方法：闭上嘴不提任何意见。可悲的是，大多数人会选择沉默和回避，直到这种潮流过去。为了免受怪物的侵害而选择保护自己，这一点无可非议，但也不要忘记他人。那样你就会明白，自己的世界也好，他人的世界也罢，都存在着多样的运作原理。不只是为了不成为怪物，更为了能真正与人沟通，为了自己完好的存在，也需要我们用平和的眼光去看待他人。如果说文学是对别人家的冷眼旁观，而不是妄自非议，那么书也就尽到了它的本分。

书把我们从大众引向市民，从观众引向读者。

当然，惭愧的是，这本书还没有优秀到能达到那样的效果。但正如这本书的题目一样，如果读者们能偶尔将它放在心里，那我就无比欣慰了。

2021 年夏

孙元平

图书在版编目（CIP）数据

别人家 /（韩）孙元平著；陈冰冰，郝君峰译．——
海口：南海出版公司，2023.8
ISBN 978-7-5735-0520-0

Ⅰ．①别… Ⅱ．①孙… ②陈… ③郝… Ⅲ．①短篇小
说－小说集－韩国－现代 Ⅳ．①I312.645

中国国家版本馆 CIP 数据核字（2023）第 053045 号

著作权合同登记号 图字：30-2023-019

This book is published with the support of the Literature Translation Institute of Korea (LTI Korea).

别人家
〔韩〕孙元平 著
陈冰冰 郝君峰 译

出　　版　南海出版公司　(0898)66568511
　　　　　海口市海秀中路 51 号星华大厦五楼　邮编 570206
发　　行　新经典发行有限公司
　　　　　电话 (010)68423599　邮箱 editor@readinglife.com
经　　销　新华书店

责任编辑　翟明明
特邀编辑　张汇聆　梁艺琼
装帧设计　李照祥
内文制作　田小波

印　　刷　河北鹏润印刷有限公司
开　　本　850 毫米 ×1092 毫米　1/32
印　　张　7
字　　数　100 千
版　　次　2023 年 8 月第 1 版
印　　次　2023 年 8 月第 1 次印刷
书　　号　ISBN 978-7-5735-0520-0
定　　价　49.00 元